# अयोध्या से प्रयागराज
# वाया इलाहाबाद

# अयोध्या से प्रयागराज वाया इलाहाबाद

डॉ. रतन कुमारी वर्मा

वाणी प्रकाशन

प्रकाशन के उत्कृष्टतम 63 वर्ष

vaniprakashan.com

सजिल्द पहला संस्करण : 2026

वाणी प्रकाशन

*4695, 21-ए, दरियागंज, नयी दिल्ली-110 002*

*फ़ोन : + 91 11 23273167, 23275710*

**शाखाएँ**

*अशोक राजपथ, पटना-800 004, बिहार*

*कॉफ़ी हाउस कैम्पस, महात्मा गांधी मार्ग, प्रयागराज-211 001, उत्तर प्रदेश*

*महात्मा गांधी अन्तरराष्ट्रीय हिन्दी विश्वविद्यालय, वर्धा-442 001, महाराष्ट्र*

sales@vaniprakashan.in

vaniprakashan@gmail.com

Ayodhya Se Prayagraj Via Allahabad

*by* Ratan Kumari Verma

ISBN : 978-93-7348-980-3

Collection of Stories



मूल्य : ₹ 495



*जी.एस. ऑफ़सेट, दिल्ली-110 095 में मुद्रित*

*वाणी प्रकाशन का लोगो मक़बूल फ़िदा हुसैन की कूची से*

**समर्पण**

*पूजनीय माता जी (स्मृतिशेष) श्रीमती शान्ति वर्मा*

*एवं पूजनीय पिता जी श्री विद्यासागर वर्मा जी के*

*श्री चरणों में सादर समर्पित*

*जिन्होंने अध्यापकीय जीवन व्यतीत करते हुए*

*ग्रामीण अंचल में रहकर भी*

*मुझ में शिक्षा का दीप जलाया।*

# अनुक्रम

# शुभकामना संदेश

## अपने समय का सामाजिक आख्यान हैं डॉ. रतन कुमारी वर्मा की कहानियाँ

कहानियाँ अपने समय और समाज का सच प्रस्तुत करती हैं। कहानियाँ, कहानीकार के अपने भावबोध की परिणति होती हैं। कहानीकार अपनी कहानियों में उन मूल्यबोध को शामिल करने का प्रयास करता है, जिन्हें वह अपने पाठकों तक पहुँचाना चाहता है। कई बार कहानीकार अपनी कहानियों में ही उपस्थित होकर अपना सच कहने की कोशिश करता है तो कई बार वह सामाजिक-पारिवारिक समानुभूति से लोगों को रू-ब-रू कराने का प्रयास करता है। जब कभी भोगा हुआ सच कहानीकार प्रस्तुत कर देता है तो पाठक को अपने हिस्से की कहानी उसके कथ्य में सहजता से मिल ही जाती है। दरअसल कथा कहन एक साहित्यिक विधा होने के साथ-साथ लोक-कला का पर्याय भी है। ऐसी लोक-कला, जिसमें जीवन के अपने-अपने सच को खोजा जा सकता है। नाटक और फिल्में, इसी कथा-कहन का ही विस्तार मानी जा सकती हैं। दृश्य और शब्द की जुगलबन्दी का खेल ही इन दोनों विधाओं के मूल में होता है। यही वजह है कि कहानियाँ अपने कई-कई रूपों और तरह-तरह के शिल्प के साथ गाहे-बगाहे हम सब के जीवन का अभिन्न हिस्सा होती ही हैं।

इधर कई ऐसे कथाकार सामने आये हैं, जो अपनी भावभूमि से जुड़कर अपनी कहानियाँ कह रहे हैं। इन्हीं में एक नाम डॉ. रतन कुमारी वर्मा हैं। डॉ. वर्मा की कहानियाँ पढ़ते हुए यह सहज ही आभास हो जाता है कि वे अपने आस-पास के परिवेश से पाठक को कुछ इस तरह रू-ब-रू कराना चाहती हैं कि वह कहानियों में स्वयं को खोज सके और अपने सुख-दु:ख को कहानी

के पात्रों से साझा कर सके। वे बहुत ही सहज भाषा में सरल कथानकों के साथ कहानी कहने का प्रयास करती हैं और अपने तय किये हुए मंतव्य के साथ बात रखने में सफल भी हो जाती हैं। कई बार तो ऐसा लगता है कि डॉ. वर्मा अपने सामने घटित हो रही घटना का समान्य बोलचाल में आँखों देखा हाल सुना रही हैं।

यहाँ कहना गलत न होगा कि एक सफल कहानीकार अपने समय की सामाजिक विद्रूपताओं और दुरूहताओं को बड़ी ही शिद्दत के साथ दर्ज करता चलता है। कई बार इस तरह के वर्णन से निराशा होती है। लेकिन, डॉ. रतन कुमारी वर्मा इस निराशा से उबरने का तरीका भी खोज लेती हैं बड़ी ही आशा के साथ सामाजिक विद्रूपताओं और दुरूहताओं के बरक्स पीढ़ियों की सोच में आ रहे बदलाव को भी प्रस्तुत कर देती हैं। कहानी 'जीत की हार' में वे एक स्थान पर लिखती हैं–"इधर अम्मा अब अपने बड़े बेटे पर दबाव बनाने लगीं कि बहू को दोबारा घर में नहीं लाना है। उसे छोड़ देना है क्योंकि बहू गोरी नहीं है, काली है। बड़े बेटे को बहुत ज़ोर का धक्का लगा। वह जिस मां को अभी तक आदर्श की दृष्टि से देखता था, उसमें अब कमी नज़र आने लगी। पिता का भी दृष्टिकोण माता के ही साथ था। बेटे के मन में बात टकराई कि बहू साँवली है तो इसमें उसका क्या दोष है? यह तो प्रकृति ने बनाया है। प्रकृति की बनाई हुई कोई भी चीज इस संसार में ख़राब नहीं है। अपनी जगह सब अच्छी है और सुन्दर है। बेटे ने मन में निश्चय कर लिया कि अम्मा की सभी बातें मानेगा, अम्मा का सदा आदर करेगा, उनकी सेवा करेगा, लेकिन बहू को छोड़ने के मामले में माता-पिता की बात नहीं मानेगा। बेटा अम्मा की बात से सहमत नहीं हुआ और अपनी राय जाहिर कर दी कि बहू तो वही घर में आयेगी। बेटा आदर्शवादी था। उसने कहा कि मैं दूसरी शादी कतई नहीं करूँगा।"

इसी क्रम में एक अन्य कहानी 'प्रायश्चित्त' में अपने समय में युवाओं की सोच में आ रहे बदलाव के एक प्रचलित पक्ष को उजागर करते हुए वे लिखती हैं–"प्रियंका में दृढ़ता आती गयी और उसने खुलकर माता-पिता की बातों का विरोध करना शुरू कर दिया। प्रियंका ने माता-पिता के सामने यह ठान लिया कि आप लोगों को मेरी शादी प्रणय से ही करनी होगी। बिना यह

विचार किये कि प्रणय अभी क्या करता है? दाम्पत्य जीवन का बोझ कैसे उठायेगा? माता विजयलक्ष्मी सिंह ने अकेले में प्रियंका को बहुत समझाया। बेटी अभी तुम नादान हो। जीवन में कितनी विषम परिस्थितियों आती हैं, अभी तुम्हें इसका आभास नहीं है। बेटी के लिए शिक्षा ही सबसे बड़ा धन है। तुम अपना ध्यान पढ़ाई में लगाओ। पढ़ लिखकर जब तुम योग्य इन्सान बन जाओगी तो तुम्हारी इच्छा अनुसार ही तुम्हारी शादी करेंगे। प्रणय अभी पढ़ रहा है। ऐसे में शादी करना सम्भव नहीं है।...इश्क़ का जुनून प्रियंका के सर चढ़ता ही गया। उसने धमकी देना शुरू कर दिया कि अगर आप लोग मेरी शादी प्रणय से नहीं करेंगे तो मैं जान दे दूँगी। माता-पिता स्तब्ध रह गये। पुत्री की ज़िद के आगे माता-पिता ने समझौता करना शुरू कर दिया। पारिवारिक, सामाजिक तिरस्कार का सामना करते हुए भी उन्होंने प्रियंका का विवाह प्रणय से करने को स्वीकार कर लिया, लेकिन एक शर्त रखी कि शादी के बाद तुम वापस नहीं आओगी" जाहिर है कि कहानीकार अपने समय के सच को जस का तस रखते हुए उन चुनौतियों से सामना कराना चाहता है और उनका हल सुझाना चाहता है।

डॉ. वर्मा की कहानियों में अपने समय-समाज का सजीव आख्यान पढ़ने को मिलता है। दरअसल भी अपने चारों तरफ़ से इन आख्यानों को एकत्रित करती हैं और बड़े ही सहजता के साथ प्रस्तुत कर देती हैं। इन आख्यानों में अपने समय की सामाजिक, साँस्कृतिक और राजनीतिक चेतनाएँ हमको अपने समय से रू-ब-रू होने का अवसर उपलब्ध कराती हैं। उदाहरण के लिए कल्पवास कहानी में किसी दृश्य के सीधे प्रसारण की शैली में पढ़ने को मिलता है–"बुद्धन काकी ने उस साड़ी को सहेज कर रख दिया था कि जब माघ मेला जाऊँगी तब वहाँ पर नहा कर जब पूजा हवन कराऊँगी तब यही साड़ी पहन कर कथा सुनूंगी। बाकी और भी कई नई साड़ियाँ, इधर उधर से इकट्ठी करके रखी थीं। गुरु जी को सेजिया दान का भी सब सामान इकट्ठा कर रखा था। गोदान की भी व्यवस्था कर ली थी। पुआल, गद्दा, रज़ाई, लकड़ी, राशन, सब्ज़ी, सिलेंडर सब सामान तैयार कर लिया। माघ मेला शुरू होते ही सब सामान ट्रैक्टर पर लाद कर बेटा और बहू के साथ प्रयाग की रेती पर पहुँच गयीं। रास्ते में आते समय अन्य कल्पवासियों को भी सामान से लदे-फने आते

देखकर अत्यन्त हर्षित हो रही थीं। माघ महीने की सर्दी में कड़ी ठंडक की कोई परवाह नहीं थी। मन में उत्साह इतना अधिक था कि अंदर के ताप से बाहर की सर्दी भी गर्मी में बदल जा रही थी।"

डॉ. वर्मा अपनी कहानियों में लोकगीतों का बख़ूबी प्रयोग करती हैं। उदाहरण के लिए 'ममता' कहानी का अन्तिम पैराग्राफ़ कुछ इसी तरह की आभा प्रस्तुत करता है–"ममता की बेल में लिपटी हुई मालती, नेहा के दूल्हे को खिचड़ी खाते देख कर मन ही मन सोच-सोच कर ख़ुश हो रही थी कि एक दिन मेरा भी बेटा इसी तरह मण्डप में खिचड़ी खायेगा। महिलाएँ मंगल गीत गायेंगी। नाच-बाजा आयेगा। बराती आयेंगे। द्वार सजेगा। लोग मेरे बेटे की मनुहार करेंगे। नौटंकी का नचनिया गाना गाकर नाच रहा था–धूम मचाए रघुराई जनकपुर में। केथुअन के चार खम्भे खड़े हैं, केथुअन माड़व छवाई जनकपुर में। सोनवा के चार खम्भे गड़े हैं रूपवा के माड़व छवाई जनकपुर में। धूम मचाए रघुराई जनकपुर में।" डॉ. वर्मा अपनी कहानियों में लोकगीतों के साथ-साथ लोक संस्कृति और लोक परम्पराओं का भी वर्णन कराती चलती हैं। वास्तव में इस तरह कहानियों के बहाने लोगों को अपनी परम्पराओं और संस्कृति से परिचित कराना एक अप्रतिम प्रयोग की तरह लगता है। मसलन उनकी 'जीत की हार' कहानी में पढ़ने को मिलता है–"तीन साल बाद बेटे का गौना लाया गया। बड़ी बहू की डोली ससुराल पहुँची। बहू का भव्य स्वागत किया गया। रीति-रिवाज के अनुसार बहू को डोली से उतारने के लिए जो परछनी साड़ी मायके से आई थी, अम्मा शीघ्रता से उस साड़ी को पहन आयीं और बहू को परछने लगीं। सबसे पहले सूप से परछ कर आरती उतारीं। ग्रामीण महिलाएँ जो सब इकट्ठी हुई थीं, वे सब तुरंत परछनी का गीत गाने लगीं–'सुपवा ले बउहरि सुपवा ले सुपवा सपूरन हो। धेरिया जे परहीं सजन घर अब सुख करहीं।' इसी तरह अम्मा ने मूसर, लोढ़ा, लोटा में हींग डालकर आरती उतारी। अन्त में आंचल से परछते हुए आशीष पूर्वक बहू को डोली से उतारा।"

इक्कासवीं सदी में जब सोशल मीडिया में बहुत कुछ लिखा जा रहा है और बहुत कुछ पढ़ा जा रहा है, तब कहानी कहने की परम्परागत शिल्प और

कला में भी बहुत परिवर्तन देखने को मिल रहा है। सबसे बड़ा परिवर्तन भाषा को लेकर है और वह यह है कि सहज और सपाट लहजे में कही गयी बात लोगों को अधिक समझ में आ रही है। डॉ. रतन कुमारी वर्मा की कहानियों की भाषा भी सहज शब्दों के साथ गढ़ी हुई है और पढ़ते समय अपनेपन का अहसास देती है। उनके कहने का लहजा सामान्य बोलचाल का लहजा है। उनकी कहानियों के किरदार ठीक ठीक उसी तरह बोलते हैं, जैसा कि हम अपने वास्तविक जीवन में सुनते हैं। शब्दों का चयन और वाक्यों का गठन किसी कृत्रिम बनावट का शिकार नहीं होते हैं। यही बात उनकी किसी भी कहानी को अन्त तक पढ़ते चले जाने के लिए प्रेरित करती है।

डॉ. रतन कुमारी वर्मा की कहानियों को पढ़ने के बाद मैं कह सकता हूँ कि वे अपनी कहानियों के माध्यम से परम्पराओं और संस्कृति में निहित मूल्यबोध को मज़बूती के साथ सामने रखने में सफल हो रही हैं तो साथ ही नई पीढ़ी के बदलते प्रतिमानों को सामने रखकर चुनौतियों से जूझने का रास्ता भी सुझा रही हैं। और, यही उनके लेखन की सार्थकता भी है। मैं उन्हें ढेर सारी शुभकामनाएँ देता हूँ।

**—डॉ. धनंजय चोपड़ा**

# भूमिका

राम राम जी। सीताराम जी। जयराम जी की। जय श्री राम। अयोध्या में परस्पर दो व्यक्तियों के सम्मिलन की यह अनूठी रीति है। एक दूसरे से मिलने पर हाथ जोड़कर इन्हीं शब्दों से अभिवादन के साथ संवाद प्रारम्भ होता है। एक दूसरे का हाल-चाल कुशल-क्षेम पूछते हैं। बचपन से यही दृश्य आँखों के सामने घूमता रहा है। जब कक्षा पाँचवीं तक गाँव में इस तरह एक दूसरे से मिलते हुए लोगों को देखती थी, तब कुछ समझ नहीं पाती थी। परन्तु गाँव के कुछ लोग, परिवार के भी, चाचा का परिवार, जो लोग लखनऊ या इलाहाबाद में रह रहे थे, जब वे लोग गर्मियों की छुट्टियाँ या दशहरा, दीपावली, होली, रक्षाबन्धन आदि त्योहारों पर गाँव जाते थे, तब वे लोग नमस्कार, नमस्ते, प्रणाम कहकर अपना अभिवादन प्रकट करते थे। धीरे-धीरे समझ में आया कि पढ़े-लिखे लोग दोनों हाथ जोड़कर नमस्कार, नमस्ते के साथ अपना संवाद प्रारम्भ करते हैं और गाँव के लोगों का अपना ढंग है, तरीका है। जब भी वय में छोटा व्यक्ति अपने से बड़े के साथ मिलता है तो जोर से बोलता है, पाँव लागत ह ई दादा। पाँव पड़त ह ई दादी। भैया दूधो नहाओ, पूतों फलो का ज़ोर-ज़ोर से बड़े-बुज़ुर्गों के द्वारा आशीर्वाद देते हुए आसानी से सुना जा सकता है। किसी भी पर्व, त्योहार, पूजा पर जैसे तीज का व्रत, महाशिवरात्रि का व्रत पर पीपल के पेड़ के नीचे गाँव की सभी सुहागिन महिलाएँ एकत्रित होकर भगवान् शंकर-पार्वती की पूजा करने के उपरान्त, सभी को प्रसाद बांटती हैं और अपने से उम्र में, पद में बड़ी महिलाओं का अपने आंचल के दोनों कोरों को दोनों हाथ से पकड़कर पहले उसके पाँव को छूती हैं फिर बड़े ही श्रद्धा भाव से अपने मस्तक पर लगाती हैं। चार बार इस तरह से पाँव स्पर्श करती हैं और पाँचवीं

बार अपने मस्तक को पाँव में झुककर या सहारे से पाँव को थोड़ा सा ऊपर उठाकर माथे से लगाती हैं। गले मिलकर अंकवार देती हैं। एक-दूसरे को इसी तरह दोनों कंधों पर पाँच बार भेंटती हैं। बड़ी-बुजुर्ग महिलाएँ भी जोर-जोर से आशीष देती हैं-दुल्हिन, तोहार माँग कोख अमर रहै। सदा सुहागिन रहा। माँग (मस्तक पर बालों के बीच में सिन्दूर का लगाना), कोख हमेशा भरी रहै। अवध की पूरी संस्कृति में यही परम्परा रची-बसी है। जैसे–ब्रज की संस्कृति में आम जन राधे-राधे, राधे, हरे कृष्ण, जय राधे-कृष्ण कहकर भगवान् श्रीकृष्ण का स्मरण करते हुए अभिवादन करते हैं, उसी तरह अवध संस्कृति में भी भगवान् श्रीराम के नाम की गूँज सर्वत्र सुनाई पड़ती है।

अवध में सीता और राम के नाम के साथ ही किसी तरह की वार्ता का शुभारम्भ होता है। दादी, बाबा, बड़ी अम्मा, अम्मा, बुआ, चाचा-चाची, बड़े बाबू जी, बाबू जी, फूफा जी, गाँव के बड़े बुज़ुर्गों के द्वारा राजा रानी, सेठ-सेठानी, भूत पिशाच, चुड़ैल, ड्यूहारे बाबा, ब्रह्म बाबा, गाँव के पीपल के पेड़ के शनीचर बाबा, हनुमान जी, तुलसी माई, नीम के पेड़ में काली माई, सरयू नदी के किनारे गंगा माई की कढ़ाही देने जाना, सरयू नदी में गंगा माई में नहाने जाना, पूड़ी और गेहूँ के आटे की लप्सी (हलवा), देशी घी विशेष रूप से गऊ माता के घी की पूड़ी छानना बच्चों, बड़ों बूढ़ों सभी को प्रसाद बांटना, इन सभी का बचपन में हिस्सा बनना, उनके श्रीमुख से कभी गीत सुनना, कभी कहानी सुनने का अवसर मिलना, इन सभी का संश्लिष्ट प्रभाव मानस पर पड़ना, उनसे प्रभावित होना, ग्रामीण संस्कृति में पलने-बढ़ने के कारण उस जीवन को जीने का अवसर सुलभ हुआ। विभिन्न तरह की कहानियों को बड़े-बूढ़े लोगों से प्रायः तब सुनने को मिला, जब ठंडक के दिन में लगातार दो-तीन महीने तक गन्ने के कोल्हू में दो बैलों को नांधकर गन्ने की पेराई होती थी, तब कोल्हू में गन्ना चुसाने के लिए बच्चों का भी सहारा कभी-कभी लिया जाता था। उस जीवन का भी हिस्सा बनने का सुअवसर मिला। दूसरी तरफ़ गन्ने के रस को लोहे के कढ़ाह में पकाकर गुड़, तिल वाला गुड़, सोंठौरा, गीला वाला गुड़, जिसे प्रायः राब कहा जाता था, निरन्तर पकाने की प्रक्रिया चलती रहती थी। ऐसे समय पर किस्से-कहानियाँ सुनने का अवसर प्रायः प्राप्त होता रहता था। उन कहानियों का मानस पर जो प्रभाव पड़ा, उससे समाज को, संस्कृति

को जानने-समझने की जिज्ञासा बढ़ती गयी। शिक्षा प्राप्त करने के अनन्तर, इलाहाबाद में शिक्षक के रूप में कार्य करने का, रहने का सौभाग्य प्राप्त हुआ। इलाहाबाद में रहते हुए यहाँ के समाज, संस्कृति, शिक्षा, धर्म, सामाजिक रहन-सहन को जानने-समझने की जो समझ बन पायी, उसी को अपने शब्दों में कहानियों में पिरोया है। अवध प्रान्त के आस पास के विभिन्न जिलों की साझी संस्कृति विशेष रूप से वर्तमान समय में जिला फैजाबाद, अम्बेडकरनगर के गाँवों की संस्कृति, शिक्षा के प्रचार-प्रसार से युवा पीढ़ी के जीवन में आ रहे बदलाव, इलाहाबाद की ग्रामीण संस्कृति, शिक्षा का सबसे बड़ा मन्दिर 'पूरब का ऑक्सफोर्ड' इलाहाबाद विश्वविद्यालय में पढ़ने के लिए आने वाले युवाओं का संघर्ष, उनके स्वप्नों, सफलता असफलता, अगली पीढ़ी पर पड़ने वाला प्रभावों को  कहानी के किरदारों में गुम्फित करने का प्रयास किया गया है। प्रयागराज की रेती पर प्रत्येक वर्ष लगने वाला विश्व प्रसिद्ध माघ मेला, कुम्भ मेले में आने वाले श्रद्धालुओं, स्नानार्थियों, आमोद प्रमोद, पिकनिक के लिए विश्वभर से आने वाले लोगों की भावनाओं को भी विभिन्न कहानी के पात्रों के माध्यम से समझने की कोशिश की गयी है। कल्पवास कहानी में बुद्धन काकी के माध्यम से प्रौढ़ महिलाओं की इच्छा, अभीप्सा, उनकी पूर्ति में पूरे परिवार का प्रयास, उनका योगदान रेखांकित करने का प्रयास किया गया है। बुलन्दियाँ, चिराग कहानी में युवाओं के संघर्ष को मुखरित करने का प्रयास किया है। अयोध्या के आसपास का परिदृश्य, शिक्षा के द्वारा नयी पीढ़ी के जीवन में आ रहा बदलाव, उनकी सोच का प्रभाव अस्तित्व कहानी के माध्यम से व्यक्त करने का प्रयास किया गया है। अपने आसपास के परिवेश, संस्कृति का जो हम पर प्रभाव पड़ा है, हमारे मानस में जिन किरदारों ने जगह बनायी है उन्हीं को कहानी के पात्रों में प्रस्तुत करने का प्रयास किया है।

अवध की लोक संस्कृति, परम्परा, रीति-रिवाज, रहन-सहन सोच विचार को भी कहानियों में सम्मिलित किया गया है। शिक्षा का बढ़ता प्रभाव, सोच एवं विचार में आता हुआ परिवर्तन, दो-तीन पीढ़ियाँ के बीच आता टकराव, उनके अन्तर्द्वन्द को भी कहानी का वर्ण्य विषय बनाने की कोशिश की गयी है। गर्मी के दिनों में आम के बग़ीचों में, खेल-खेल में, आम को बीनते हुए

तेज़ हवा-आँधी आने पर आम के टिकोरों को एकत्रित करते हुए, पड़े हुए देसी आम के बड़े वृक्षों से पटरा पड़े आम को इकट्ठा करके बोरों में, डलियों में भरते हुए मार्च के महीने में महुआ के टपकने पर गाँव की अन्य बूढ़ी औरतों के द्वारा महुआ बहारते हुए, बीनते हुए और चुनते हुए कहानी, आसपास की घटनाएँ, सूचनाएँ जो कानों में पड़ीं, अब उन्हीं का मिश्रित प्रभाव है। यह कहानियाँ इसी समाज का हिस्सा हैं। तालाब में सूखी हुई लकड़ी तोड़ते हुए, कौड़ा तापने, अलाव जलाने के लिए आम, महुआ की पत्तियों को शौक़ से बुहारते हुए मेंड़ों पगडंडियों पर, खेतों तक पहुँचने के लिए उनके बीच से निकले हुए रास्ते चकरोडों से गुजरते हुए बचपन में जो जीवन सुनने देखने को संवयस्क बच्चियों के साथ मिला, वह साथ भी अनुभव का एक महत्त्वपूर्ण हिस्सा है। ठण्डियों में गाय, भैंस, बैल के गोबर से कण्डा बनाते हुई औरतों के पास बैठकर उनसे कण्डा बनाना सीखते हुए, तरह-तरह की बातें सुनते हुए मौनी मौना, सिकहुली, सिकहुला तरह तरह का हवा करने वाला बेना बुनने में कुशल महिलाओं के पास बैठकर उनसे सीखते हुए जो सीख बन पड़ी है, उन सभी का उपयोग कहानी में करने की कोशिश की गयी है। अब यह कहानी अयोध्या की संस्कृति से लेकर प्रयागराज तक की संस्कृति का समाज को व्यक्त करने में कितनी सफल बन पड़ी है इसे तो पाठक वर्ग ही पढ़कर अपना अपनापन और स्नेह देकर ही हमारा हौसला अफ़जाई कर सकेंगे, ऐसी आशा है। जहाँ कहीं व्यक्त करने में कमी रह गयी है अपने सुझावों से समृद्ध करेंगे। अब तक कई आलोचनात्मक पुस्तकें प्रकाशित हो चुकी हैं, उनमें से दो पुस्तकों को पुरस्कृत होने का भी सौभाग्य प्राप्त हुआ है। 'महिला सशक्तीकरण चिन्तन की नयी दिशाएँ' पुस्तक हिन्दुस्तानी अकादमी, प्रयागराज द्वारा महादेवी वर्मा पुरस्कार से पुरस्कृत हुई, पुरस्कार स्वरूप एक लाख रुपये की धनराशि प्राप्त करने का सौभाग्य मिला। 'स्त्री मुक्ति का संघर्ष सेवा सदन' पुस्तक को आचार्य अकादमी, चुलियाना, रोहतक द्वारा अखिल भारतीय स्तर पर 'बाबा भीमराव अम्बेडकर समानता एवं समता' का प्रथम पुरस्कार प्राप्त करने का सुयोग प्राप्त हुआ।

भारतीय सन्दर्भ में दलित विमर्श हिन्दी एवं अंग्रेजी में तथा महात्मा गांधी शाश्वत चिन्तक जैसी महत्त्वपूर्ण पुस्तकों का सम्पादन का भी अनुभव प्राप्त

हुआ। जिसमें दलित साहित्य के महत्त्वपूर्ण लेखकों का आलेख तथा महात्मा गांधी की पुस्तक में बहुत ही वरिष्ठ विद्वानों का आलेख संग्रहीत है।

कहानी संग्रह प्रकाशित करने का यह पहला प्रयास है। बहुत दिनों से प्रकाशित करने की इच्छा थी, लेकिन इसका समय अब आया, जब वाणी प्रकाशन समूह के निदेशक श्री अरुण माहेश्वरी सर से मिलने का प्रयागराज पुस्तक मेले में सुअवसर प्राप्त हुआ। उसी समय सर को पाण्डुलिपि सौंप दी और प्रतीक्षा कर रही थी कि कब सुयोग प्राप्त होगा। अरुण माहेश्वरी सर से मिलने में वाणी प्रकाशन, प्रयागराज शाखा के मैनेजर श्री विनोद तिवारी जी का सराहनीय प्रयास रहा।

पुस्तक के प्रकाशन की पूरी तैयारी में मैं लगी हुई थी। डॉक्टर धनंजय चोपड़ा, पाठ्यक्रम समन्वयक, मीडिया अध्ययन केंद्र, इलाहाबाद विश्वविद्यालय, प्रयागराज को शुभकामना संदेश लिखने के लिए पाण्डुलिपि की एक प्रति उनको सौंप दी। विभिन्न विपरीत परिस्थितियों अत्यधिक व्यस्तता के बावजूद सर ने लिखने के लिए बड़ी सहजता से अपनी अनुमति प्रदान की। अच्छी तरह से अध्ययन करने के बाद उन्होंने अपना शुभकामना संदेश देकर हमें जो प्रोत्साहन प्रदान किया है वह अविस्मरणीय है। डॉक्टर चोपड़ा की कथा साहित्य,पत्रकारिता पर बहुत गहरी पकड़ है, अनुभव है। समय-समय पर विभिन्न महत्त्वपूर्ण पुरस्कारों से पुरस्कृत हो चुके हैं। उनका सान्निध्य विगत–पन्द्रह-बीस वर्षों से प्राप्त है। उनके द्वारा प्रदान की गयी सुचिन्तित समीक्षा, शुभकामना संदेश के लिए उनके प्रति हृदय से कृतज्ञ हूँ। हमारी कहानियों की प्रथम पाठक डॉ. सुषमा श्रीवास्तव के प्रति हार्दिक आभार। वे बहुत रुचि के साथ हमारी कहानियाँ पढ़ती रही हैं और हमें प्रोत्साहन प्रदान करती रहीं। डॉ. कनकलता दुबे को साहित्य की गहरी समझ है। नीर-क्षीर विवेक के साथ हमारी कहानियों की कमियों एवं अच्छाइयों को बताकर हमें सम्बल प्रदान करती हैं। उनके प्रति आत्मीय आभार अभिव्यक्त करती हूँ। डॉ. विनीता अग्रवाल के प्रति बहुत आभारी हूँ, जो सदैव अपने सुझावों से हमारी रचनाओं को समृद्ध करती रहती हैं। उनके असीमित स्नेह एवं आशीष के लिए सदैव उनके प्रति नतमस्तक हूँ।

स्मृति शेष माता जी श्रीमती शान्ति वर्मा के स्नेह की कमी तो खलती ही है, परन्तु पूज्य पिता जी श्री विद्यासागर वर्मा का आशीर्वाद अभी बना हुआ है। उनका हमेशा फोन द्वारा हाल-चाल लेना बहुत सम्बल प्रदान करता है। पिता जी हमेशा हमारे स्वास्थ्य की चिन्ता किया करते हैं और जब ख़ुश होकर उनसे पुस्तकों पर पुरस्कार पाने की बात बताती हूँ, तो बड़े आत्मविश्वास के साथ कहते हैं कि बस तुम स्वास्थ्य का ध्यान रखो। पढ़ने-लिखने में तो तुम हमेशा से अव्वल थी। उनके अति आत्मविश्वास के यह शब्द मन को बहुत शान्ति प्रदान करते हैं। ईश्वर उन्हें स्वस्थ एवं दीर्घायु प्रदान करें। पढ़ने लिखने, जानने समझने में ही हमेशा मन उलझा रहता है और कुछ लिख पाती हूँ, तो मन को बहुत सुकून मिलता है।

पतिदेव श्री आत्माराम वर्मा तथा पुत्र डॉ. चिन्मय वर्मा के असीम सहयोग का परिणाम है कि लिखने-पढ़ने के लिए कुछ समय निकाल पाती हूँ। उनके उत्तम स्वास्थ्य एवं दीर्घ जीवन की कामना करती हूँ।

वाणी प्रकाशन समूह के निदेशक श्री अरुण माहेश्वरी जी के प्रति विनम्रता पूर्वक कृतज्ञता ज्ञापित करती हूँ, जिन्होंने प्रकाशित करने की स्वीकृति देकर हमें प्रोत्साहन प्रदान किया है। उन्हें सादर नमन। पुस्तक अब सभी पाठकों के हाथ में अर्पित है। उनका स्नेह एवं प्यार हमें सम्बल प्रदान करेगा। अपने अमूल्य सुझावों से हमें समृद्ध करेंगे। ऐसी आशा है।

**—डॉ. रतन कुमारी वर्मा**

# कल्पवास

जाड़े की गुनगुनी धूप में दुआरे पर मचिया पर बैठी हुई बुद्धन काकी छोटी सी सिकहुली बुन रही थीं। सरपत की मूंज का ख़ूब अधिक बल्ला बनाकर रखे हुई थीं। जब भैंस चराने जाती थीं तब रोज़ सरपत की मूँज सुरूककर लाती थीं। बल्ला को सुन्दर बनाने के लिए उसे लाल, हरा, पीला, नीला कई रंगों में रँगे हुए थीं। पास के तालाब से काश भी काटकर सुखाकर रखे हुए थीं। सिकहुली बीनने के लिए बल्ला लोटा के पानी में भिगोये हुई थीं। बुद्धन काकी हर साल जाड़े में मौनी, मौना, सिकुहली, सिकहुला ख़ूब बुनती थीं। पास-पड़ोस तथा रिश्तेदारी में जहाँ कहीं भी शादी-ब्याह पड़ता था, लड़की की विदाई का मामला होता था, बुद्धन काकी अपने हाथ की बनी हुई सिकहुली, बेना ज़रूर देती थीं। लेकिन बुद्धन काकी को पिटारी बुनना नहीं आता था। इसलिए छोटी बहू से बोलीं कि अबकी बार जब मायके जाना तो विदाई में साथ एक पिटारी ज़रूर ले आना। अपनी अम्मा से कह दो कि वह अभी से ही पिटारी बनाना शुरू कर दें ताकि जल्दी से पूरी हो जाय। छोटी बहू की अम्मा बहुत सुन्दर पिटारी बुनती थीं। पिटारी का ढक्कन बहुत नाप का उतरता था। बुद्धन काकी छोटी बहू किरण से बोलीं कि अबकी साल माघ मेला नहाने प्रयाग जाउँगी। सिन्दूर, बिन्दी, कंघी, शीशा, सिंगार का सब सामान उसी में रखूँगी। सामान तुरन्त मिलने में सुविधा रहेगी। बुद्धन काकी सिकहुली बुनने के साथ-साथ माघ मेला नहाने की कल्पनाएँ भी बुन रही थीं। मन ही मन तरह-तरह की उमंगें उठ रही थीं कि माघ मेला जाऊँगी तो क्या-क्या करूँगी। रोज़ दोनों टैम संगम में नहाऊँगी और नहाने के बाद इसी सिकहुली से पण्डा बाबा को एक सीधा (चावल, उरद, नमक, आटा, गुड़, गेहूँ आदि अन्न) दान करूँगी। साथ

में पाँच रुपये प्रतिदिन दान करूँगी। हफ्ते में एक दिन सीधा के साथ 11 रुपये दान करूँगी। पूरे एक महीना कल्पवास करूँगी। मेरी मनोकामनाएँ पूरी हो जायेंगी। माघ लगते ही माघी पूर्णिमा को पहुँच जाऊँगी।

अपने गुरु जी चिन्मयानन्द बाबा से कह दूँगी कि मेरे कल्पवास के लिए एक टेंट की व्यवस्था कर देंगे। बहुत सारी कल्पनाएँ लिए बुद्धन काकी फूले न समाती थीं। ज्यों-ज्यों माघ मेला के दिन नजदीक आ रहे थे, त्यों-त्यों उनकी तैयारियाँ जोर पकड़ती जा रही थीं। एक महीने से विधिवत तैयारी में जुट गयी थीं। गुरु जी से सब पूछ लिया था कि क्या-क्या ले जाना होगा। गुरु जी के बताने के अनुसार पूजा सागग्री में गणेश, लक्ष्मी की छोटी-छोटी मूर्तियाँ, भगवान शंकर पार्वती का छोटे गणेश के साथ शीशा में मढ़वाई हुई फ़ोटो, राधा-कृष्ण की फ़ोटो रख लिया साथ ही हनुमान जी की भी फ़ोटो रख ली कि सुमन के बाबू को पूजा करने के लिए हनुमान जी के फ़ोटो की भी ज़रूरत पड़ेगी। साथ में अक्षत, हवन सामग्री, पिसी हल्दी, रोली, अगरबत्ती, रुई, दिया, सलाई, घी, गुड़, तिल, सिन्दूर आदि भी अलग-अलग डिब्बी में करके रख लिया। भतीजे गुड्डू की शादी मे जब मायकें गयी थीं तब भाभी ने बहुत सुन्दर सी साड़ी विदाई में दी थी। बुद्धन काकी ने उस साड़ी को सहेजकर रख दिया था जब माघ मेला जाऊँगी तब वहाँ पर नहाकर जब पूजा हवन कराऊँगी तब यही साड़ी पहनकर कथा सुनूँगी। बाकी और भी कई नई साड़ियाँ इधर-उधर से इकट्ठा कर रखी थीं। जहाँ-कहीं शादी-ब्याह के न्यौते में गयी थीं, सब इकट्ठा करती जा रही थीं। गुरु जी को सेजियादान का भी सब सामान इकट्ठा कर रखा था। गऊदान की भी व्यवस्था कर ली थी। पुआल, गददा, रज़ाई, लकड़ी, राशन, सब्ज़ी, सिलिंडर सब सामान तैयार कर लिया। माघ मेला शुरू होते ही सब सामान ट्रैक्टर पर लाद कर बेटा और बहू के साथ प्रयाग की रेती पर पहुँच गयीं।

रास्ते में आते समय अन्य कल्पवासियों को भी सामान से लदे-फने आते देखकर अत्यन्त हर्षित हो रही थीं। माघ महीने की सर्दी में कड़ी ठण्डक की कोई परवाह नहीं थी। मन में उत्साह इतना अधिक था कि अन्दर के ताप से बाहर की सर्दी भी गर्मी में बदल जा रही थी। छोटी बहू की अम्मा ने समय से

पिटारी पूरी करके भेज दी थी साथ में सिंगार का सब सामान भी भेज दिया था। अपनी तरफ़ से दान करने के लिए 51 रुपये भी भेज दिये थे। पिटारी पाकर बुद्धन काकी बहुत ख़ुश लग रही थीं।

बुद्धन काकी अपने टेंट में पहुँचते ही पण्डा बाबा से मिलकर सब ब्यवस्था कर लीं। सबसे पहले टेंट के एक कोने में सोने के लिए ज़मीन पर पुआल डाल दिया। उसके ऊपर यूरिया खाद वाला सफ़ेद बोरा बिछा दिया। फिर उसके ऊपर गद्दा और चादर बिछा दी और रज़ाई तकिया सिरहाने रख दिया। टेंट में दूसरे कोने में पूजा की व्यवस्था कर ली। साथ में लायी हुई सभी मूर्तियाँ एक लकड़ी की चौकी पर सजाकर रख दिया। पूजा की सामग्री बग़ल में डाली में रख दी। टेंट के एक कोने में रसोईघर की व्यवस्था कर ली। बेटे ने गैस सिलेण्डर का दो-तिहाई हिस्सा बालू में गाड़ दिया। ऊपर का रेग्युलेटर खुला था। गैस चूल्हा बग़ल में रख दिया। मसाला का डिब्बा भी पास में ही रख दिया। बग़ल एक पलड़ा में घर से साथ लायी हुई सब्जियाँ–बैंगन, आलू, प्याज, लहसुन, टमाटर आदि रख दिया। हरा मिर्चा एक छोटी-सी झिल्ली में रख लाई थीं। दाल, चावल, आटा, तेल, सब डिब्बा में बन्द कर लायी थीं। पण्डा बाबा को रोज़ दान करने के लिए एक बोरी गेहूँ, एक बोरी चावल, उड़द, अलग से लायी थीं। उसको एक किनारे रख दिया। पानी पीने की बाल्टी टेंट में घुसते ही बायीं तरफ़ किनारे लकड़ी पर रख दिया था। बिजली का एक बल्ब जलाने की सुविधा पण्डा बाबा ने करा दी थी। उसी में टू पिन होल्डर लगवा दिया ताकि मोबाइल भी उसी से चार्ज हो जाया करे। इलाहाबाद नगर निगम द्वारा बिछायी गयी पानी की पाइपों की एक टोंटी पास में ही थी। उसको बुद्धन काकी देख आयीं कि रोज़ पीने का पानी यहीं से भर कर लाना है। साथ में एक बाल्टी पानी भी भर लायीं। टेंट के आगे दरवाज़े के बायीं तरफ़ तुलसी देवी का पेड़ लगा दिया। उस गमले में जौ बो दिया।

टेंट के अगल-बग़ल में और भी कल्पवासी अपनी व्यवस्था में जुटे थे। मेला बहुत पहले से लग चुका था। मेले मे बहुत भीड़ थी। बुद्धन काकी के टेंट के आस-पास में ही उनके रिश्तेदारी की अन्य औरतें भी कल्पवास करने पहुँची थीं। कल्पवास शुरू हो गया। बुद्धन काकी अन्य कल्पवासियों के साथ

रोज़ नहाकर दान करनें लगीं तथा पूजा-पाठ में ध्यान लगाने लगीं। कई बाबा लोगों का पाण्डाल सजा था। सुबह-शाम प्रवचन सुनने उनके पाण्डाल में पहुँच जाती थीं। कहीं श्रीमद्भागवत का पाठ चल रहा है तो कहीं रामायण की कथा कही जा रही है। साधु-सन्तों के प्रवचन सुनकर बुद्धन काकी बहुत आनन्दित हो रही थीं। ऐसा आनन्द उन्हें जीवन में कहीं नहीं मिला था। भगवद् भक्ति की बातें सुनकर बुद्धन काकी कहने लगीं–सारा सुख यहीं है। दिनभर घूम-घूम कर मेला देखतीं, लोगों को निहारतीं। कितने बड़े क्षेत्र में मेला लगा हुआ है। चलते-चलते थक जाती थीं लेकिन मेला का अन्त नहीं होता था। संगम की रेती से बैरहना, अलोपीबाग तक बस सिर ही सिर नज़र आता था। लोग पैदल आ रहे हैं और जा रहे है। बैरहना तथा अलोपीबाग चौराहे से वाहनों का आना जाना निषिद्ध हो जाता है। नहाने वाले दिन तो सिविल लाइन्स बस अड्डे से यात्री अपने सिर पर गठरी लादे हुए पैदल अपने-अपने झुण्ड में आते जा रहे थे। एक-दूसरे का हाथ पकड़कर चलते थे तब भी बिछुड़ जाते थे। बुद्धन काकी के टेंट से दूर निकलकर यह सब दृश्य भी देखा करती थी।

बुद्धन काकी एक टाइम ही खाना बनाती थीं। सभी कल्पवासी लोग एक पहर ही भोजन करते थे। रात का दृश्य और सुहावना होता था। कल्पवास करते-करते बुद्धन काकी का कब एक महीना बीत गया, उन्हें पता ही नहीं चला। कथा सुनने और पण्डा बाबा के परिवार को भोजन कराने का दिन नजदीक आ गया।

रविवार के दिन बुद्धन काकी ने कथा सुनने का निश्चय किया। पूजा की चौकी सजाईं। अपने टेंट के आगे जहाँ पर थोड़ी सी जगह थी वहीं पर चार कोने पर चार केले का पत्ता गाड़ दिया। रंगोली सजाईं। बहुत ही ध्यान मग्न होकर सुमन के बाबू के साथ कथा सुनने लगीं। कथा में सभी नात-रिश्तेदारों को भी निमंत्रित किया था। सभी लोग समय से पहुँच गये। सभी ने कथा सुनीं और कथा का प्रसाद ग्रहण किया। इसके बाद सेजियादान का कार्यक्रम हुआ। पण्डाबाबा को सेजियादान के लिए फोल्डिंग की चारपाई बिछाई गयी। उस पर गद्दा, चद्दर, तकिया, रज़ाई रखा गया। उस पर पण्डा बाबा तथा पण्डिताइन बैठे। पण्डा बाबा को नया वस्त्र कुर्ता, धोती, अंगोछा, स्वेटर,

बनियाइन, चप्पल आदि दान किया गया तथा पण्डिताइन को साड़ी, ब्लाउज, पेटीकोट, चूड़ी, बिन्दी, ऊनी साल आदि दान किया गया। बुद्धन काकी ने बड़े मन से दान किया कि मेरा अगला जन्म सुधर जायेगा। पण्डाबाबा तथा पण्डिताइन दान में प्राप्त नया वस्त्र धारण कर फिर सेजिया पर बैठे। बुद्धन काकी ने पण्डा बाबा तथा पण्डिताइन को स्वर्णदान में एक-एक सोने की अँगूठी पहनायी। साथ में एक हज़ार एक रुपया भी दान किया। इसके साथ ही गैस सिलेंडर, लालटेन, छाता, कुर्सी आदि भी दान में दिया। कथा में छोटी बहू के माता-पिता जी भी आये हुये थे। उन्होंने भी पण्डा बाबा तथा पण्डिताइन को वस्त्र एवं पैसा दान दिया। पाँव छूकर आशीर्वाद प्राप्त किया। इसके बाद आये हुए सभी रिश्तेदार लोगों ने भी क्रमशः रुपया दान कर पाँव छूकर आशीर्वाद प्राप्त किया।

अब बारी आयी गो दान की। इसके लिए पण्डा बाबा ने किराये पर बछिया ख़रीद रखी थी। बछिया को फूलों की माला बुद्धन काकी ने पहनाया। उसको बर्शीम घास खिलायी गयी। बुद्धन काकी के बेटे ने गोदान की फोटो भी ली। बछिया बहुत आनन्द के साथ बर्शीम घास खा रही थी। बुद्धन काकी ने सवा रुपये दान करके गोदान की कामना भी पूरी कर ली। बछिया की पूंछ पकड़कर पूजा सम्पन्न हुई।

बुद्धन काकी बड़े ही संन्तुष्ट मन से सबको भोजन कराने लगीं। सबसे पहले पण्डाबाबा तथा उनके परिवार को खिलाया। फिर सब लोग भोजन करने लगे। बुद्धन काकी पूड़ी, सब्ज़ी, खीर ग़रीबों को खिलाते हुए निहाल हो रही थीं। साथ में लाया हुआ अन्न जो रोज़ दान करने के बाद भी बचा हुआ था, उसको भी ग़रीबों को दान कर दिया। कल्पवास पूरा होने पर अपने सामान के साथ वापस घर लौट गयीं। साथ में बहुत सी मीठी स्मृतियाँ भी साथ में लेकर गयीं। अपनी सखियों सहेलियों तथा रिश्तेदारों, पास-पड़ोस में सबको देने के लिए प्रसाद भी ले गयीं। जिस-जिस को प्रसाद देती थी, उससे कल्पवास के सुख का वर्णन करते न थकती थीं।

# बुलन्दियाँ

सितारा देवी की ससुराल की दहलीज पर पाँव पड़ते ही उनकी सुन्दरता की चर्चा चारों ओर होने लगी। सितारा देवी बहुत सुन्दर थीं। उनके नाक-नक्श सभी बहुत सुन्दर थे। ओठ गुलाब की पंखुड़ियों के समान गुलाबी थे। मासूम चेहरा, लम्बा शरीर, गोरा छरहरा बदन देखकर लोग तारीफ करते न थकते थे। गाँव में उसकी सुन्दरता की विशेष रूप से चर्चा थी कि नम्बरदार की छोटी बहू सितारा देवी सबसे अधिक सुन्दर हैं।

सितारा देवी की शादी जिस शख़्स से हुई थी उनका नाम था महेन्द्रनाथ। महेन्द्रनाथ भी अपने समय के ख़ूबसूरत युवक थे। पढ़ने में भी बहुत तेज थे। उनकी कुशाग्र बुद्धि को देखते हुए परिवार में, गाँव में, सबको यही उम्मीद थी कि निश्चित ही एक दिन यह लड़का बड़ा अधिकारी बनेगा। पिता सामान्य किसान थे। कुल दस बीघा खेत था। खेती के बल पर पढ़ाई सम्भव न थी। इसलिए पिता शंकर लाल ने चार भैंसे पाल रखी थी कि उनका दूध बेचकर कुछ पैसा निकल आया करेगा। इससे महेन्द्रनाथ को पढ़ाने में मदद हो जायेगी। बड़े भाई बृजेन्द्रनाथ इंटर कॉलेज में शिक्षक की नौकरी करते थे। गाँव के पास के ही विद्यालय में पढ़ाते थे। उनका बहुत बड़ा सपना था कि मेरा छोटा भाई ज़रूर बड़ा अधिकारी बने। इसलिए बड़े मन से महेन्द्रनाथ को पढ़ा रहे थे। हाईस्कूल एवं इंटर की परीक्षा महेन्द्रनाथ ने प्रथम श्रेणी में यू.पी. बोर्ड से उत्तीर्ण की। 1975 में इलाहाबाद विश्वविद्यालय से बी.ए. प्रथम श्रेणी में पास किया। उनका ख्वाब बहुत ऊँचा था। वे सीधे आई.ए.एस. बनना चाहते थे। इसके लिए उन्होंने दिन-रात अथक परिश्रम किया। प्रारम्भिक परीक्षा बड़ी आसानी से पास कर लेते थे। मुख्य परीक्षा के लिए उन्होंने दो विषय चुन रखे

थे। राजनीति विज्ञान एवं लोक प्रशासन। राजनीति विज्ञान एवं लोक प्रशासन में प्लेटो से लेकर आधुनिक विश्वविद्यालय में पढ़ाने वाले लेखकों तक की किताबों का संग्रह उनके पास था। राजनीति का विद्यार्थी होने के नाते इंग्लैंड, फ्रांस, चीन, जापान, इटली, रूस, जर्मनी, अमेरिका का संविधान उन्हें रटा हुआ था। जिस किसी से भी बात करते तो उनकी वार्ता भी अन्तर्राष्ट्रीय स्तर की होती थी। लोकप्रशासन में भी उनकी विशेष अभिरुचि थी। प्रशासकीय ढाँचे की भी उनको विधिवत जानकारी थी। सरकारी नीतियों एवं योजनाओं के विषय पर अक्सर बात किया करते थे। उनको हमेशा इस बात का कष्ट था कि सरकार किसानों के साथ न्याय नहीं करती है। देश का कर्णधार जवान एवं किसान ही है। भारत में न तो जवानों की अच्छी स्थिति है और न ही किसानों की। जवान देश की बेदी पर अपना प्राण न्योछावर करता है। देश की रक्षा करते हुए अंगविहीन हो जाता है लेकिन सरकार जवानों के प्रति संवेदनशील नहीं है। जवानों के शहीद हो जाने पर उनकी पत्नी, छोटे-छोटे बच्चों एवं बूढ़े माता-पिता पर ध्यान नहीं देती है। शहीदों के समर्पण के बदले में उन्हें सुविधा कम मिलती है। यही हाल किसानों का है। किसान दिन-रात मेहनत करके अन्न पैदा करता है। कभी ओलावृष्टि का शिकार हो जाता है तो कभी अतिवृष्टि से फ़सल को नुकसान पहुँचता है। कभी सूखा पढ़ने से फ़सल की पैदावर कम हो जाती है, किसान निरन्तर अभावों एवं कष्टों से जूझता रहता है। सरकार के द्वारा किसानों को बीज एवं खाद पर बहुत कम सब्सिडी दी जाती है। फ़सलों का समर्थन मूल्य भी बहुत कम घोषित किया जाता है। चाहे रबी की फ़सल हो या खरीफ़ की हो, लागत निकलना भी मुश्किल हो जाता है। कभी किसान की लागत निकल आती है तो मन्दी में वह भी डूब जाती है। मेहनत तो बेकार जाती ही है। ऊपर से जब भी गेहूँ या धान की क़ीमत बढ़ाने की बात आती है तो चारों तरफ़ यह हल्ला होने लगता है कि ग़रीबों का निवाला छिन जायेगा। भूखों मरने लगेंगे। ग़रीबों की स्थिति बहुत ख़राब हो जायेगी। गेहूँ या धान की क़ीमत न बढ़ाये जाने से किसान की कमर टूट जाती है, उनकी स्थिति कितनी ख़राब हो जाती है। इसकी चिन्ता सरकारों को नहीं होती है। बड़ी-बड़ी कम्पनियों के व्यावसायिक उपक्रमों को सरकार बड़ी उदारता से

सब्सिडी एवं अनुदान देती है। तब ग़रीबी का हवाला नहीं देती है। बात किसान के हित की हो तो ग़रीबी का कार्ड खेलने से सरकार नहीं चूकती है। नीतियाँ ऐसी भी तो बनाई जा सकती है जिसमें किसानों का भी हित सुरक्षित हो और ग़रीबों का भी ध्यान रखा जाय। सरकार ग़रीबों की जो मदद करना चाहती है उसको सुविधाएँ उपलब्ध कराकर सीधे मदद कर सकती है। किसानों के फ़सलों के नुकसान की भरपाई बीमा योजना के द्वारा कर सकती है। फ़सल के नुकसान होने पर ऋण माफ कर सकती है। नगद सहायता की राशि प्रदान कर सहायता कर सकती है ताकि किसान आत्महत्या करने को मजबूर न हों। उनके मन में यह चिन्तन मनन चलता रहता था। वे हमेशा सोचते रहते थे कि किसी तरह आई.ए.एस. बन जाऊँ तो सरकारी मशीनरी का हिस्सा बनूँ। नीति निर्धारण में जवानों एवं किसानों के हित की बात करूँ। देश के जवानों के प्रति उनके हृदय में अत्यधिक सम्मान था। सामान्य ज्ञान की तैयारी के लिए भी समसामयिक घटनाओं पर बहुत ध्यान देते थे। विभिन्न पत्र-पत्रिकाओं धर्मयुग, साप्ताहिक हिन्दुस्तान, हिन्दुस्तान टाइम्स आदि का अध्ययन करते रहते थे। उन्होंने तीन बार मुख्य परीक्षा उत्तीर्ण की। तीन बार साक्षात्कार में सम्मिलित होने का मौका मिला। हर बार यही उम्मीद रहती कि इस बार आई.ए.एस. में ज़रूर चयन हो जायेगा। कोई भी विभाग मिले, कोई भी काडर मिले पर जब इतने नजदीक पहुँच रहे हैं तो सफलता मिल ही जायेगी। लेकिन शायद भाग्य ने साथ नहीं दिया। कर्म तो करते रहे लेकिन आशानुरूप फल नहीं मिल सका। अन्ततः तीसरी बार भी चयनित न हो सके। जैसा होना स्वाभाविक है वैसा ही हुआ। बहुत हताशा हुई। अब उनका मन नहीं लगता था।

महेन्द्रनाथ बहुत ही अक्खड़ और स्वाभिमानी स्वभाव के थे। आई.ए.एस. में चयन न हो पाने पर किसी भी नौकरी को करने से इनकार कर दिया। घर के लोग चाहते थे कि यदि आई.ए.एस. नहीं बन पाये तो न सही, अन्य परीक्षाएँ दें जिसमें सफलता मिल जाये वही नौकरी कर लें, ताकि जीवन में रोज़ी-रोटी की समस्या न हो। पर महेन्द्रनाथ के मन में तो देश का स्वप्न चल रहा था। वह रोज़ी-रोटी के लिए छोटी-मोटी नौकरी से समझौता नहीं कर सके। अन्ततः उन्होंने किसान बने रहना ही स्वीकार किया। बड़े गर्व से कहते कि मैं भारत का

आजाद किसान हूँ। भारत में भ्रष्टाचार किस तरह व्याप्त है मैं उसका हिस्सा नहीं बनना चाहता। यदि मैं भ्रष्टाचार को रोक नहीं सकता तो भ्रष्टाचार को बढ़ावा देने वाला काम भी नहीं कर सकता। न ही मैं भ्रष्ट अधिकारियों की चापलूसी कर सकता हूँ। इसलिए मेरे लिए किसान पुत्र बने रहना ही अच्छा है।

उनकी शादी तो हो ही चुकी थी। असफल होने पर अन्ततः वे गाँव लौट गये। आज भी जीविका का आधार उनके पास खेती ही था। उसी से ही काम चलाने लगे। परन्तु उनका मन खेती में नहीं लगता था। उनके मन में अब भी देश की चिन्ता लगी रहती थी। पन्द्रह वर्षों तक इलाहाबाद में रहकर जो अध्ययन किया था वहीं बातें दिमाग़ में गूँजती थी। सब सोचते थे कि पत्नी सितारा देवी अत्यन्त सुन्दर हैं। धीरे-धीरे सब भूल जायेगा किन्तु ऐसा न हुआ। वह केवल घर गृहस्थी में सीमित होकर नहीं जी सकते थे। उन्होंने आस-पास के गाँव के बच्चों को पढ़ाना शुरू कर दिया। उनका मार्गदर्शन करते। जो भी बच्चे या अभिभावक अपने बच्चे की पढ़ाई के विषय में पूछने आते, बहुत ही विस्तार से उसको समझाते। उस समय आस-पास के गाँव में वे ही सबसे पढ़े लिखे व्यक्ति थे। ऊपर से उन्हें प्रतियोगी परीक्षाओं का गहरा ज्ञान था। यह ज़रूर था कि वे सफल नहीं हुए थे। पर भावी पीढ़ी का मार्गदर्शन में कोई कोर-कसर न छोड़ते थे। वस्तुतः महेन्द्रनाथ हिन्दी माध्यम से पढ़े थे। उनकी अंग्रेजी कमज़ोर थी। सम्भवतः इसीलिए वे साक्षात्कार में सफल नहीं हो पाते थे। बच्चों को अच्छी शिक्षा दिलाने की हमेशा सलाह देते थे। शिक्षा से ही जीवन में बदलाव आ सकता है। ऐसा उनका अमिट विश्वास था। आस-पास के लोग उनका ख़ूब मजाक भी बनाते थे कि इतना पढ़ लिखकर भी क्या किये। आख़िर गाँव में आकर खेती ही तो कर रहे हैं। अन्ततः तो किसान ही ठहरे। जो उनके प्रतिद्वन्दी थे या ईर्ष्या करने वाले थे ऐसा सोचकर वे प्रसन्न होते थे या अपने मन को बुझाते थे। गाँव में भी जब वे किसी से बात करते तो विभिन्न देशों का हवाला देते हुए बात करते। गाँव में जो किसान अपने देश के सिवाय दूसरे देश का नाम तक ना जानते थे वे धीरे-धीरे विभिन्ने देशों का नाम जानने लगे। तब न तो दूरदर्शन था न ही मोबाइल का युग था। कोई भी जानकारी किसी निश्चित व्यक्ति के माध्यम से ही प्राप्त होती थी। जिन अभिभावकों को

अपना बच्चा पढ़ाना होता था वे महेन्द्रनाथ को बहुत आदर देते थे। जिनको उनसे कोई स्वार्थ नहीं था या उनकी बात को नहीं समझ पाते थे वे उनको सनकी कहने लगे थे। कहते थे काम तो कुछ करते नहीं है केवल दिन-रात बकवास की बातें करते रहते हैं।

समय बीतता गया। धीरे-धीरे उनके तीन बच्चे हो गये। एक बेटी और दो बेटे। बेटी का नाम रखा अर्पणा। जब उनके बेटी पैदा हुई तो गाँव वालों ने ख़ूब ख़ुशियाँ मनायीं। कहा कि अब पता चलेगा कि बेटी का भार कैसा होता है। सबको बहुत शिक्षा देते रहते हैं जब अपनी बेटी को पढ़ायेंगे तो पता चलेगा। फिर दोनों बेटे पैदा हुए सुदीप और सुशील। उन्होंने तीनों बच्चों की शिक्षा पर बहुत ध्यान दिया। वे हमेशा बच्चों को बैठाकर पढ़ाते रहते थे। पत्नी सितारा देवी भी कभी-कभी नाराज होतीं कि काम नहीं करते हो बच्चों का खर्च कैसे चलेगा। पर वे इस बात पर ज़्यादा ध्यान नहीं देते थे। कई बार छोटा-मोटा कृषि सम्बन्धी व्यवसाय करने की कोशिश की परन्तु उसमें भी उनको सफलता हाथ न लगी। बड़ी तंगी के साथ दिन गुज़ारने पड़े। उनकी बदहाली को देखकर गाँव के लोग ख़ुश होते थे। उनके साथ के पढ़ने वाले कई लोग विभिन्न शहरों में ऊँची नौकरी कर रहे थे। रमेश बैंक में अधिकारी था तो महेश प्रोफ़ेसर और सोमेश इंजीनियर। वे कुछ नहीं बन सके थे। उन्होंने हार नहीं मानी थी। उन्होंने ठान लिया था कि भले ही मैं आई.ए.एस. नहीं बन सका लेकिन मैं अपने बच्चों को ज़रूर बनाऊँगा। उनके जो साथी बाहर नौकरी कर रहे थे वे आनन्द का जीवन बिता रहे थे। उनके पास जीवन की सुख सुविधाओं के पर्याप्त साधन थे। वे अपने बच्चों को लेकर आश्वस्त थे कि उनके बच्चों को अच्छी शिक्षा मिल रही है तो वे निश्चित ही वे बनेंगे ही। लेकिन कुछ समय के बाद ऐसा समय आया कि उनके सहपाठी के बच्चे उतना अच्छा नहीं कर पाये। शिक्षा प्राप्त कर के सामान्य नौकरी में ही रह गये। धीरे-धीरे महेन्द्रनाथ के तीनों बच्चे सफल हो गये। बच्चों ने भी शिक्षा के लिए बहुत संघर्ष किया। बच्चों में सबसे बड़ी बेटी अर्पणा को महेन्द्रनाथ डॉक्टर बनाना चाहते थे वह सी.पी.एम.टी. की परीक्षा पास कर के डॉक्टर बन गयी। फिर आगे चलकर उसको पी. जी. में भी प्रवेश मिल गया। वह प्रसिद्ध स्त्री रोग विशेषज्ञ बन गयी। उसकी शादी

भी डॉक्टर लड़के के साथ बहुत आसानी से हो गयी। दहेज के लिए उन्हें बिल्कुल नहीं परेशान होना पड़ा। दामाद आशुतोष उनका बहुत सम्मान करता था कि उन्होंने इतने कम आर्थिक संसाधन होते हुए भी अपनी बेटी को डॉक्टर बनाया। एक समय ऐसा भी आया जब उनके दोनो बेटे आई.ए.एस. की परीक्षा में सफल हो गये। क्षेत्र में सफलता की दुन्दुभि बज गयी। यह ख़बर आस-पास के क्षेत्र में बहुत तेजी से फैली। उसके साथ महेन्द्रनाथ का इतिहास भी फैला कि वही महेन्द्रनाथ जो सफल नहीं हुए थे। आई.ए.एस. नहीं बन पाये थे उन्हीं के दोनो बेटे आई.ए.एस. में चयनित हुए हैं। जो लोग उनकी तरफ़ देखते नहीं थे वे भी बधाइयाँ देने आने लगे। बधाई देने वालों का ताँता लग गया। फिर सब अपने-अपने मन की भड़ास निकालने लगे। कोई कहता कि मैं तो सोचता था कि इनके बच्चे ज़रूर एक दिन बड़े अधिकारी बनेंगे क्योंकि महेन्द्रनाथ हमेशा बच्चों को पढ़ाते रहते थे। उन पर ही उनका सारा ध्यान था। कोई कहता था कि बच्चे बहुत होनहार थे। उनको बनना ही था। सब तरफ़ उनकी प्रशंसा गूँजने लगी। जिस व्यक्ति को समाज का सबसे बेकार व्यक्ति समझा जाता था आज उसी को सब अपना आदर्श मानने लगे। अब लड़कों की शादी के लिए क्षेत्र के भी और दूसरे क्षेत्र के भी बड़े-बड़े अधिकारी सम्पर्क करने लगे। लड़कों को देखने के लिए महेन्द्रनाथ के घर जाते तो ढेर सारी मिठाइयाँ और फल लेकर जाते। दहेज के बड़े-बड़े प्रलोभन देते। कहने का मतलब यूँ कि उनके लड़कों को ख़रीद लेना चाहते थे। बड़े-बड़े नेता अफ़सर सब उनके दरवाज़े का चक्कर काटने लगे। जो लोग कभी महेन्द्रनाथ से बात करना नहीं पसन्द करते थे वे लोग उनके तलवे चाटने लगे। सर झुकाकर उनके सम्मान में खड़े होने लगे। अन्ततः ईश्वर ने वह दिन दिखाया कि सितारा देवी और महेन्द्रनाथ बच्चों की सफलता से गद्गद थे। जीवन भर सहा गया अपमान, कष्ट उनको भूल गया। बच्चों को पालने के लिए सितारा देवी ने भी अथक परिश्रम किया। घर का सारा कार्य वह स्वयं करती थीं। बच्चों से कभी भी काम नहीं लेती थीं। उनको सदा पढ़ने के लिए प्रेरित करती थीं। आज उनको अपने जीवन भर के सींचे गये वृक्ष के फल लगे दिखाई दिये।

वे अपने को सफल समझने लगीं कि मैं इतने सफल और होनहार बच्चों की माँ हूँ। माँ होने पर असली गर्व उन्हें अब हुआ।

महेन्द्रनाथ ने अपने लड़कों के लिए अन्ततः आई.ए.एस. लड़कियों का ही चयन किया। बड़े-बड़े दहेज एवं प्रलोभनों को दर किनार कर दिया। करोड़ों करोड़ का प्रस्ताव लेकर उनके आगे पीछे घूमने वाले लोग भौचक्के रह गये। जिन लोगों को लग रहा था कि पैसे के दम पर वे उनके लड़कों को ख़रीद लेंगे वे अपने आप को मायूस महसूस कर रहे थे। दोनों लड़कों की ख़ूब धूमधाम से शादी हुई। बड़ी बहू प्रतीक्षा और छोटी बहू उदीशा ने ससुराल की दहलीज पर पहुँचकर जब सास सितारा देवी और ससुर महेन्द्रनाथ के पाँव छुए तो वे दोनों असीमित आनन्द से आनन्दित हुए।

एक समय वह था जब वे स्वयं आई.ए.एस. नहीं बन सके थे। उसका मलाल उनके मन में हमेशा बना रहता था। सारा समाज भी उनको इसी नज़रिये से देखता था। एक समय अब आया कि दोनों आई.ए.एस. बहुए उनके चरणों में नतमस्तक हैं और वे उन्हें भूरि-भूरि आशीर्वाद दे रहे हैं। उनके मन में उम्मीद जगी कि एक दिन निश्चित ही मेरी ये सन्तानें जवानों एवं किसानों के हित के लिए नीति निर्माण एवं क्रियान्वयन में भागीदार बनेंगी। महेन्द्रनाथ के बड़े भाई बृजेन्द्रनाथ के मन में भी यह कष्ट था कि उनका भाई बड़ा अधिकारी नहीं बन पाया लेकिन महेन्द्रनाथ के बच्चों की सफलता से वे भी अभिभूत थे। महेन्द्रनाथ को पढ़ाने में बड़े भाई बृजेन्द्रनाथ की पत्नी भानुमती देवी की भी बहुत बड़ी भूमिका थी। बच्चों की सफलता से वे भी गद्गद् थी। महेन्द्रनाथ की माँ जयराजी देवी का हृदय फूले नहीं समा रहा था। अपने पोते-पोती की सफलता का गुणगान करते न थकती थी। ऐसा लग रहा था कि मारे ख़ुशी के उन लोगों की उम्र और बढ़ गयी है। आस-पास के क्षेत्र के लिए वह परिवार अब एक मिसाल बन चुका था।

# चिराग

नफीस मियाँ बाग में बकरी चरा रहे थे। सूर्य ढल रहा था। शाम का समय हो रहा था। उनके पास पन्द्रह-बीस बकरियाँ थीं। बकरियाँ चरने में मशग़ूल थीं। कुछ बकरियाँ दो पैरों के बल सीधी खड़ी होकर आगे के दोनों पैर उठाकर बेर की पत्तियाँ खा रही थीं। बकरियाँ अपने सीधे स्वभाव के लिए सदा से जानी जाती हैं। नफीस मियाँ एक तरफ़ तो बकरी चरा रहे थे दूसरी तरफ़ इस उधेड़-बुन में लगे थे कि सभी बच्चों की परवरिश कैसे करूँ? उनकी बीवी शहाना बेगम घरेलू काम-काज में ही व्यस्त रह जाती थीं। आर्थिक आय का कोई खास साधन नहीं था। किसी तरह जीवन का गुजर-बसर हो रहा था। औलादें अधिक थीं। पाँच बेटे और पाँच बेटियाँ। उन सभी में सबसे छोटा बेटा रहमान बड़ा मेधावी था। बड़ा तेजस्वी था। अन्य सभी बच्चों के होने के बावजूद उनकी आर्थिक एवं सामाजिक स्थिति सुधर नहीं पा रही थी। धीरे-धीरे बेटे और बेटियों का ब्याह करते जा रहे थे। सामान्य जीवन व्यतीत करने लायक उनकी गृहस्थी बसती जा रही थी। छोटे-मोटे रोज़गार-धन्धे करके वे सभी बच्चे अपना काम चला रहे थे। रहमान पढ़ना चाहता था। उसमें पढ़ने की बहुत ललक थी। किन्तु नफीस मियाँ में पढ़ाने की क्षमता नहीं थी। इसलिए नफीस मियाँ चाहते थे कि रहमान भी जल्दी से अपनी घर गृहस्थी बसा ले। अपनी ज़िम्मेदारी से मुक्त हो जाऊँ।

रहमान हमेशा अपने पढ़ने के बारे में सोचा करता था कि कैसे पढूँ? पढ़ाई का खर्च कहाँ से निकालूँ? धीरे-धीरे सोचते सोचते अपने पढ़ने की तरकीब ख़ुद ही निकाली। वह जानता था कि अम्मी–अब्बू पढ़ाना तो चाहते हैं लेकिन आर्थिक रूप से समर्थ नहीं है। अन्य भाई-बहन भी मदद करने की स्थिति में नहीं है। ख़ुद ही कोई-न-कोई काम ढूँढ़ना होगा ताकि पढ़ाई कर

सकूँ। पढ़ने के लिए इलाहाबाद शहर आ गया। वह बस स्टेशन एवं रेलवे स्टेशन पर अख़बार बेचने का काम करने लगा। रात को चार बजे ही उठ जाता था। कुछ पत्र-पत्रिका विक्रेताओं के अंडर काम करने लगा। शाम के समय छोटे बच्चों को ट्यूशन पढ़ाने लगा। इस तरह से अपनी पढ़ाई का खर्च निकालकर पढ़ने लगा। पढ़ने में मेधावी होने के कारण उसे प्रत्येक कक्षा में छात्रवृत्ति मिलने लगी। वह हमेशा यही सोचता था कि मैं आगे की पढ़ाई कैसे पूरी करूँगा? पास-पड़ोस के लोगों का भी कुछ न कुछ काम कर लिया करता था। किसी के मकान का बिल जमा कर देता। किसी का बैंक या बीमा सम्बन्धी काम होता तो वह भी कर देता था। काम करने के लिए किसी न किसी तरह समय निकाल ही लेता था। मुहल्ले में कोई बीमार हो, अस्पताल पहुँचाना हो उसमें भी मदद कर देता था। रहमान मुहल्ले का चहेता बन गया था। बड़ी बूढ़ी औरतें, बुज़ुर्ग जिनके पास मदद करने को उनके बच्चे पास नहीं होते थे वे सब रहमान की तरफ़ बड़ी आस भरी दृष्टि से देखते थे। उनकी निगाहें रहमान को ढूँढ़ती रहती थीं। रहमान भी उन लोगों की मदद करने में कोई कोर-कसर नहीं रखता था। वे सभी लोग ख़ुश होकर रहमान को बहुत आशीर्वाद दिया करते थे। विशेष रूप से बड़ी बूढ़ी महिलाएँ, बुज़ुर्ग दम्पत्ति आशीष देते न थकते थे। भगवान औलाद दे तो रहमान जैसी दे नहीं तो चाहे न दे। यह भी कहते थे। रहमान धर्म-जाति, ऊँच-नीच, अमीर-ग़रीब में विश्वास नहीं करता था। वह इनसे ऊपर उठकर कार्य करता था। उसके लिए सभी समान हैं। उसके पड़ोस का चाहे कोई मुस्लिम परिवार हो या हिन्दू परिवार या सिख या ईसाई परिवार सब रहमान को बहुत प्यार करते थे। इसलिए पढ़ाई में रहमान की सब मदद कर देते थे। धीरे-धीरे उसकी इंटर की शिक्षा पूरी हो गयी।

आगे वह इंजीनियरिंग की पढ़ाई करना चाहता था। लोगों की मदद से तथा छात्रवृत्ति से वह भी पूरा होता गया। उसके स्वभाव, व्यक्तित्व, मेधा से सभी शिक्षक भी बहुत प्रभावित रहते थे। जिस किसी शिक्षक से मदद के लिए कह देता कोई भी शिक्षक मना नहीं करता था। धीरे-धीरे सरकारी इंजीनियरिंग कॉलेज, इलाहाबाद से इजीनियरिंग की शिक्षा भी पूरी हो गयी। उसके बाद उसकी नियुक्ति एक सरकारी संस्था में हो गयी। वहाँ कार्य करते हुए रहमान ने अपनी शिक्षा जारी रखी। एम.टेक. एवं पीएच.डी. करने के बाद इलाहाबाद

में स्थित लाल बहादुर शास्त्री इंजीनियरिंग कॉलेज में एक शिक्षक के रूप में नियुक्ति हो गयी। उसका सपना था एक आदर्श शिक्षक बनना। महात्मा गाँधी, नेल्सन मंडेला के सिद्धान्तों व विचारों से वह बहुत प्रभावित था। सादा जीवन उच्च विचार उसके जीवन का मन्त्र था। शिक्षक बनकर अब वह बहुत प्रसन्न था। जिस संस्था में उसकी नियुक्ति हुई थी वह संस्था अपनी गिरावट के दिन की अन्तिम साँसें गिन रही थी। रहमान ने रात-दिन अथक परिश्रम करके संस्था में प्राण फूँक दिये। दिनों-दिन संस्था का यश बढ़ने लगा। छात्र अनुशासित होने लगे। अन्य शिक्षक रहमान की नकल करने लगे। छात्रों में पढ़ने की भूख बढ़ गयी। शोध कार्यों के प्रति रुचि बढ़ने लगी। रहमान सभी छात्रों का चहेता शिक्षक बन गया। अन्य शिक्षक भी रहमान को अपना आदर्श मानने लगे। कुछ आलसी शिक्षक ईर्ष्या भी करने लगे कि कहाँ से रहमान यहाँ आ गया। हम लोगों के लिए भी मुसीबत बन गया। वरना हम लोग चैन से ज़िन्दगी काट रहे थे। रहमान के बराबर नियमित कक्षा लेने से अन्य शिक्षकों पर भी कक्षा लेने का दबाव बनने लगा। लगभग प्रतिदिन नियमित रूप से कक्षाएँ होने लगीं। छात्रों को पढ़ाने, सिखाने, उनके लिए समस्याओं का हल करने के लिए रहमान हमेशा समय देता था।

रहमान अब डॉ. रहमान से आगे प्रो. रहमान बन गये। उनकी गिनती अब भारत ही नहीं विश्वस्तर के विद्वानों में होने लगी। वह देश में ही नहीं विदेशों में भी व्याख्यान के लिए जाने लगे। उनका व्याख्यान सुनने के लिए लोग लालायित रहते थे। अपना काम छोड़कर उनके व्याख्यान को सुनना अपना सौभाग्य समझते थे।

प्रो. रहमान के उत्कृष्ट कार्यों के लिए उन्हें विभिन्न राष्ट्रीय एवं अन्तर्राष्ट्रीय पुरस्कारों से भी नवाजा गया। लोग प्रो. रहमान को अपना जीवन्त रोल मॉडल, सुपर हीरो मानने लगे। लोगों ने महात्मा गाँधी, लाल बहादुर शास्त्री, लोकमान्य बाल गंगाधर तिलक के विचारों को सुना और जाना लेकिन सच्चे नायक के रूप में प्रो. रहमान को पहचाना। बच्चे, बूढ़े, बड़े सभी लोग प्रो. रहमान के कायल थे। उनके अनुशासन को पसन्द करते थे। प्रो. रहमान हमेशा कहा करते थे कि मैं बच्चों की आँखों में चमक देखना चाहता हूँ। युवाओं की आँखों में सपने देखना चाहता हूँ और बूढ़ों की उम्मीदों पर खरा

उतरना चाहता हूँ। भारत में ऐसी सन्तानें पैदा हों जो भारतीय संस्कृति को विश्व पटल पर प्रकाशित करें।

प्रो. रहमान हमेशा जनता के काम आना चाहते। उन्हें जहाँ भी आमंत्रित किया जाता था, वहाँ वे पहुँचने की पूरी कोशिश करते थे। विशेष से बच्चों के बीच में जाना उन्हें बहुत पसन्द था। बच्चों को सदा मूल्यों की शिक्षा देते। हमेशा कहा करते थे कि माता-पिता को कभी दुखी नहीं करना। एक दिन एक संस्था में व्याख्यान देते-देते हार्ट अटैक का दौरा पड़ा, डॉक्टरों ने बचाने की पुरजोर कोशिश की। दो घंटे तक साँस दिलाने की कोशिश करते रहे लेकिन सफल नहीं हुए। उनका निधन हो गया। सारा राष्ट्र रो पड़ा। हर किसी ने संवेदना व्यक्त की। राष्ट्रपति, प्रधानमंत्री, मंत्रीगण, राजनीतिज्ञ, वरिष्ठ पत्रकार, वैज्ञानिक, फिल्मी हस्तियाँ, क्रिकेटर, दिग्गज खिलाड़ी सभी ने संवेदना व्यक्त करते हुए आदर्श नायक बताया। सभी ने तारीफ के पुल बाँध दिये। सभी ने उन्हें इन्सान के रूप में देवता माना। जब उनका पार्थिव शरीर दफनाने के लिए ले जाया जा रहा था तो जो लोग मुसलमानों के अन्तिम क्रिया कलाप में कभी सम्मिलित नहीं हुए थे, उन्होंने इस कार्यक्रम में सम्मिलित होने में अपना सौभाग्य माना। सारा राष्ट्र देख रहा था। मानवता का सच्चा पाठ पढ़ाने वाला इस दुनिया से विदा ले रहा था। उस पर जाति, धर्म का धब्बा नहीं लगा था। दुनिया ने तहे दिल से उसे सच्चा सेवक माना। बच्चे, बूढ़े, बड़े सभी लोग अपना आदर्श प्रेरणा स्त्रोत मानते रहे। जीवन में कुछ बनने, कर गुजरने के लिए बड़े-बड़े स्वप्न दिखाते रहे। प्रो. रहमान का विश्वास था कि अगर बड़े स्वप्न देखोगे तो निश्चित ही एक दिन सफलता मिलेगी। अब्दुल कलाम के विचारों से प्रो. रहमान बहुत प्रभावित थे। वे भी इसी में विश्वास करते थे कि सपने वे नहीं होते जो सोते हुए देखे जाते हैं बल्कि सपने वे होते हैं जो हमको सोने नहीं देते। इन्हीं स्वप्नों को वे भारत के युवाओं को दिखाना चाहते थे। प्रो. रहमान अब इस दुनिया से अलविदा हो चुके थे लेकिन लोगों के दिलों में चिराग की भाँति रोशनी बिखेर रहे थे। उनमें आशा एवं उत्साह का दीपक जला रहे थे। सदा देदीप्यमान रहने वाले शुक्र तारे की भाँति जीवन के आकाश में टिमटिमा रहे थे। लोग जब हताशा का अनुभव करते तो प्रो. रहमान के व्यक्तित्व से जीवन का रास्ता तलाशते।

# जीत की हार

अम्मा पाँच पूतों वाली माँ थीं। उनकी ख़ुशी का ठिकाना न था। अपने सास-ससुर की इकलौती बहू थीं। उनका बड़ा लाड़-दुलार था। बहुत मेहनती थी। सारा काम अकेले कर लेती थीं। बच्चे धीरे-धीरे बड़े हो रहे थे और सास-ससुर बुढ़ापे की ओर बढ़ रहे थे, शरीर जर्जर हो रहा था। अम्मा-काका के काम में सबसे अधिक हाथ बँटाता था बड़ा बेटा राम सेवक। जैसे ही उसकी उम्र 15-16 हुई थी, वह खेती संभालने लगा था। इसीलिए उसकी पढ़ाई भी छूट गयी थी। पहले खेती का काम करता, मौका मिलने पर स्कूल पढ़ने भी जाता था। लेकिन धीरे-धीरे खेती की ज़िम्मेदारी बढ़ने लगी, खेती में अधिक व्यस्त रहने लगा और पढ़ाई से दामन छूटता गया। काका अनपढ़ थे। कोर्ट कचहरी के भी बहुत से केस चल रहे थे। खेती जोतने को आधी मिली थी लेकिन लगान दोगुनी देनी पढ़ती थी। इसलिए खेती पर दीवानी का मुकदमा लड़ रहे थे। बड़ा बेटा कक्षा 8 तक पढ़ चुका था। इसलिए वह चिट्ठी-पत्री, ज़रूरी कागज सब स्वयं पढ़ लेता था और जान लेता था कि क्या करना है। इससे काका को बहुत सहारा मिल रहा था। बड़े भाई के बाद एक बहन थी उसके बाद चार छोटे भाई थे। अम्मा अकेली थीं काम करने वाली इसलिए इस चक्कर में थीं कि बड़े बेटे की शादी जल्दी कर लें तो हाथ बँटाने के लिए घर में बहू आ जायेगी। बहू के घर आते ही खाना बनाने खिलाने से छुट्टी मिल जायेगी। एक रिश्तेदारी में भी वृद्धि होगी। वे लोग भी सहायता करेंगे। गाँव में हमारी धाक बढ़ जायेगी।

अम्मा ने बड़े बेटे का ब्याह बड़ी धूम-धाम से रचाया था। पहला बेटा था। अम्मा के भी बहुत सारे अरमान थे। अम्मा की शादी तो पवपुजी हुई थी। क्योंकि उस समय लड़की की शादी के लिए लड़की के पिता न ही खर्च करने

में ही समर्थ होते थे और न ही ऐसी विचारधारा रखते थे। लड़के वालों को ब्याहने के लिए अपने घर दरवाज़े पर बुलाने पर लड़की के पिता को काफ़ी खर्च करना पड़ता था। उस समय के पिता लोग पुत्री के ब्याह पर इतना खर्च करना मुनासिब नहीं समझते थे। अम्मा के पिता जी भी इसी तरह में से थे इसीलिए उन्होंने भी दरवाज़े पर बारात नहीं बुलाई। अम्मा के मन में साध थी कि मैं अपने बेटे का ब्याह उसी घर में करूँगी जिस घर में ब्याहने को बुलाया जायेगा।

अन्तत: एक लड़की के साथ बात पक्की हो गयी। वह लड़की अकेली थी नाम था शीला और एक भाई था सूरज। उसके पिता जी सहर्ष दरवाज़े पर बारात बुलाने को राजी हो गये। अम्मा ने बड़े बेटे की शादी ख़ूब धूम-धाम से की। शादी में हाथी, घोड़े भी गये। लड़का शामियाना में दूल्हा बनकर गया। लड़की के पिता ने दान-दहेज भी ख़ूब दिया। काका इतनी धूमधाम से ब्याहने गये थे जैसे कि उनके अधूरे अरमान पूरे हो गये हों। उनकी शादी में जो कसर रह गयी थी, वह बेटे की शादी में पूरी हो गयी हो। घर, परिवार एवं रिश्तेदार सभी लोग बहुत प्रसन्न थे।

तीन साल बाद बेटे का गौना लाया गया। बड़ी बहू की डोली ससुराल पहुँची। बहू का भव्य स्वागत किया गया। रीति-रिवाज के अनुसार बहू को डोली से उतारने के लिए जो परछनी साड़ी मायके से आयी थी अम्मा शीघ्रता से उस साड़ी को पहन आयीं और बहू को परछने लगीं। सबसे पहले सूप से परछ कर आरती उतारीं। ग्रामीण मलिलाएँ जो सब इकट्ठी हुई थीं। वे सब तुरन्त परछनी का गीत गाने लगीं, 'सुपवा ले बउहरि सुपवा ले सुपवा सपूरन हो। धेरिया जे परहीं सजन घर अब सुख करहीं। इसी तरह अम्मा ने मूसर, लोढ़ा, लोटा में हींग डालकर आरती उतारी। अन्त में आँचल से परछते हुए आशीष पूर्वक बहू को डोली से उतारा।'

डोली से उतरते ही बहू को देखने का क्रम शुरू हो गया। बच्चे तथा महिलाएँ बहुत उत्सुक थे। उन्होंने सिर से लेकर पैर तक निहारना शुरू कर दिया। सबसे पहले पैर दिखा। कहना शुरू कर दिया कि बहू का रंग सावला लगता है। इसके पहले बहू को किसी ने देखा नहीं था। अम्मा ने बड़े अरमान

से ख़ुद ही बहू को डोली से उतारा। नाउन को दूर हटा दिया। बहू को कदम-कदम पर चलने के लिए पतरी बिछा दी उस पर कदम रखते हुए बहू चौखट की तरफ़ बढ़ी।

चौखट के भीतर अनाज से भरा हुआ कुरवा रख दिया गया और बहू से कहा कि इस तरह पैर से मारो कि कुरवा लुढ़ककर गिर जाये ताकि तुम्हारे जीवन में हमेशा धनधान्य भरा रहे। बहू ने वैसा ही किया। फिर आगे आटे की लोई बनाकर रख दिया कि उस पर कदम रखते हुए घर में जहाँ भगवान की मूर्तिया रखी हैं वहाँ तक जाओ। फिर बहू ने वैसा ही किया और भगवान को प्रणाम किया। इस बीच महिलाओं और बच्चों में उत्सुकता बनी रही कि बहू साँवली है या गोरी। बहू का हाथ देखा तो आभास होने लगा कि बहू साँवली ही है। फिर सब के जुबान से एक ही शब्द निकलने लगा कि बहू साँवली है गोरी नहीं है। अम्मा के मन में दुन्दभि बजने लगी कि मैं तो सोची थी कि बहू गोरी आयेगी पर यह तो साँवली निकली। अम्मा के मन को अब बातें रास नहीं आ रही थीं। फिर भी कार्यक्रम चलता रहा। अम्मा का मन खट्टा होने लगा। बहू का रंग साँवला ज़रूर था पर समय के साथ धीरे-धीरे यह स्पष्ट होने लगा कि बहू का व्यवहार बहुत अच्छा है। बहू सुशील है। संस्कारशील घराने की है। काम काजी है। सब काम आसानी से कर लेती है।

धीरे-धीरे समय बीतता गया। अम्मा की नफरत बढ़ने लगी। अम्मा अपनी खीस अब उसके काम काज में निकालने लगीं। महिलाओं का जैसा स्वभाव होता है उनके कार्यक्षेत्र के अनुसार कि खाना बनाने में कमी निकालना, घर की सफाई में कमी निकालना, अम्मा वही सब करने लगीं। बहू चाहे जितना मेहनत करती थी पर अम्मा को पसन्द नहीं आता था। अम्मा बहू से धान कुटवातीं, गेहूँ पिसवातीं, दाल दरवातीं, भूजा भुजवातीं। बहू सब कुछ अच्छे से करती पर अम्मा को ज़रूर काम में कोई-न-कोई कमी नज़र आ जाती। जितना भी अच्छा खाना बहू पकाती पर अम्मा को रास न आता। अम्मा कभी कहतीं, 'रोटियाँ कच्ची हैं', कभी कहतीं, 'जल गयी हैं।' कभी कहतीं, 'दाल में लहसुन-मिर्चा से जो छौंक लगायी है, मिर्चा जल गया है, लहसुन पका ही नहीं है इसलिए दाल में महक ही नहीं आ रही है।' कभी कहतीं, 'भात कच्चा

है, पका नहीं है,।' कभी कहतीं, 'भात गीला है। सब्ज़ी में कोई स्वाद ही नहीं है' इत्यादि कथन अम्मा का चलता रहा। बहू के सिर से पानी जाने लगा। उसकी सहनशक्ति जवाब देने लगी। इसी बीच बहू के भाई लेने के लिए आये और बहू मायके चली गयी।

इधर, अम्मा अब अपने बड़े बेटे पर दबाव बनाने लगीं कि बहू को दुबारा घर में नहीं लाना है। उसे छोड़ देना है क्योंकि बहू गोरी नहीं है काली है। बड़े बेटे को बहुत जोर का धक्का लगा। वह जिस माँ को अभी तक आदर्श की दृष्टि से देखता था उसमें अब कमी नज़र आने लगी। पिता का भी दृष्टिकोण माता के ही साथ था। बेटे के मन में बात टकरायी कि बहू साँवली है तो इसमें उसका क्या दोष है? यह तो प्रकृति ने बनाया है। प्रकृति की बनायी हुई कोई भी चीज इस संसार में ख़राब नहीं है। अपनी जगह सब अच्छी है और सुन्दर है। बेटे ने मन में निश्चय कर लिया कि अम्मा काका की सभी बातें मानेगा, अम्मा का सदा आदर करेगा, उनकी सेवा करेगा लेकिन बहू को छोड़ने के मामले में माता-पिता की बात नहीं मानेगा। बड़ा बेटा अम्मा की बात से सहमत नहीं हुआ और अपनी राय जाहिर कर दी कि बहू तो वही घर में आयेगी। बेटा आदर्शवादी था। उसने कहा मैं दूसरी शादी कतई नहीं करूँगा।

अब अम्मा और बेटा में बड़ी बहू को लेकर संघर्ष तेज हो गया। बेटा बहू को लाकर अपना आदर्श निभाने का प्रयत्न करने लगा। इस बीच बहू के दो बच्चे हुए एक बेटा और एक बेटी। ननद भी हमेशा अम्मा के साथ ही रहती थी। फिर भी बड़ी बहू अपना उत्तरदायित्व भली प्रकार निभाने का प्रयत्न करती। अन्य चार बेटों की भी शादियाँ हुईं। सभी बहुओं का आगमन हुआ। अम्मा सबसे ज़्यादा छोटे को मानती थीं। छोटी बहू सुनीता से अम्मा को बहुत उम्मीदें थीं। छोटी बहू के आ जाने पर अम्मा और भी इतराकर बड़ी बहू से लड़ाई लड़ने लगीं। उसको सताने लगीं। समय पर खाना नहीं देती थीं। सारी मलिकई छोटी से करवाती थीं। बीच की बहुएँ भी सामंजस्य बनाती रहीं। बड़ी बहू की दवा नहीं हो पायी। धीरे-धीरे उसका स्वास्थ्य ख़राब होता गया। वह क्षयरोग से पीड़ित हो गयी। अन्ततः असमय इस दुनिया से चल बसी।

बड़ी बहू के ख़त्म होने का अम्मा को जरा भी खेद न था। वह तो काली बहू से छुटकारा चाह ही रही थीं सो इस रास्ते से उन्हें छुटकारा मिल गया।

पर एक समर्पित काम करने वाला व्यक्तित्व भी चला गया। काम को लेकर परिवार में लड़ाई बढ़ने लगी। अम्मा हमेशा छोटी बहू के बचाव में रहतीं। छोटी बहू से सेवा करवाने को कौन कहे बुढ़ापे में भी उसकी सेवा ख़ुद करती रहतीं। उसके लिए चाय लातीं, नाश्ता लातीं, बिस्तर बिछातीं। उसके बच्चे के लिए दूध लातीं। अम्मा छोटी बहू का दिल जीतने के लिए कोई कोर कसर नहीं छोड़ीं। अम्मा सोची कि छोटी बहू का दिल जीत लूँगी तो बुढ़ापे में अन्तिम समय में वही सेवा करेगी और सास के रूप में मैं विजयी हो जाऊँगी। अम्मा जितना ही छोटी बहू का दिल जीतने का प्रयत्न करतीं छोटी बहू उतना ही उनसे दूर भागती थी। छोटी बहू गोरी भी थी इसलिए अम्मा को ज़्यादा पसन्द आती थी। पर छोटी बहू बहुत स्वार्थी और चालाक थी। कोई कटु उत्तर नहीं देती लेकिन कोई काम नहीं करती थी। उसने मन में ठान लिया था कि सास चाहे जितना प्रयत्न करें लेकिन उसे सेवा नहीं करनी है। सेवा करेंगे तो दर्द पैदा होगा और चार लोगों से कहेंगे कि हमने सास की बहुत सेवा की है। लोग कहेंगे कि सेवा किया तो अपनी सास का किया क्या किसी पराये की सेवा कर दी? यह तो तुम्हारा दायित्व था। न सेवा करो न किसी से कहने की नौबत आये कि हमने सेवा किया पर ऊपर से दिखावा ज़रूर करते रहो कि मैं सास की बहुत प्यारी बहू हूँ। वे मुझे बहुत मानती हैं। मैं उनकी बहुत सेवा करती हूँ। अम्मा ये बातें सुनकर गद्गद हो जाया करती थीं कि बहुत अच्छी बहू है।

अम्मा एक दिन सुबह सोकर उठीं। खड़ी हो रही थीं कि ठीक से खड़ी नहीं हो पायीं। पैर लड़खड़ा गये और गिर पड़ीं। बुढ़ापे का शरीर था। जाँघ की हड्डी टूट गयी। अम्मा दर्द से कराहने लगीं। बड़े बेटे को आवाज़ सुनाई पड़ी। अन्दर आये तो अम्मा को इस हाल में देखा। अम्मा को उठाया गया। परिवार के सभी लोग दौड़कर आये। डॉक्टर के यहाँ ले जाने की तैयारी होने लगी। दर्द होने के बावजूद अम्मा मन-ही-मन बहुत सन्तुष्ट थी कि मेरे पाँच बेटे और बहू हैं। मेरी सेवा ज़रूर होगी। डॉक्टर के यहाँ ले जाया गया। जाँघ की हड्डी का ऑपरेशन हुआ। अम्मा को अब लम्बे समय तक बिस्तर पर रहना था। अब समस्या आयी कि अम्मा की देखभाल कौन करेगा? सभी तो अपने-अपने काम में व्यस्त होना चाहते थे। अम्मा को अब सबसे अधिक

आस छोटी बहू से ही थी। छोटी बहू को भी घबराहट और चिन्ता सता रही थी कि अम्मा की सेवा कैसे करूँगी। किसी तरह छुट्टी मिल जाये कि सेवा न करनी पड़े। दूसरी, तीसरी और चौथी बहू यह सोच रही थी कि जीवन भर अम्मा छोटी बहू को मानती रहीं। हमें तो मानती नहीं थीं अब छोटी बहू सेवा करे। अम्मा को अस्पताल से घर लाया गया। धीरे-धीरे अम्मा की सेवा में कमी आने लगी। शुरू-शुरू में परिवार के सभी सदस्य सुन लेते थे पर अब सुनकर भी अनसुना कर देते थे। अम्मा को अब खलने लगा।

अम्मा ने छोटे बेटे और बहू को बहुत अधिकार और प्यार से पास बुलाया। अधिकार भी जताया। बेटे से कहा मैने जीवन भर तुम्हें दूध, दही और घी खिलाया। तुम्हारे काका को भी नहीं देती थी लेकिन तुम्हारे लिए ज़रूर रखे रहती थी। तुमको बहुत माना है। मेरा ध्यान रखा करो। मुझे तकलीफ में मत छोड़ो। बेटा आश्वासन देता रहा, माँ ज़रूर करेंगे पर करता कुछ नहीं था। समय पर दवा भी नहीं लाता था। छोटी बहू खाने पीने का बिल्कुल भी ध्यान नहीं रखती थी। अम्मा का शरीर नि:शक्त होने लगा। अन्य तीनों बहुएँ भी नहीं सुनती थीं। अन्त में हारकर अम्मा ने छोटी बहू से अनुनय-विनय किया कि मेरी सेवा कर दिया करो। बहुत कष्ट होता है लेकिन छोटी बहू न तो जवाब देती थी और न ही कुछ करती थी। छोटी बहू अपने बच्चों का बहुत ध्यान रखती थी। उस समय दो छोटे बच्चे थे एक बेटा और एक बेटी। अम्मा जब छोटी बहू को देखती थीं कि अपने बच्चे को दूध पिला रही है फल खिला रही है तो सोचती थीं कि उन्हें भी दे दे। सीधे तौर पर अम्मा ने छोटी बहू को कहा था कि जैसे तुम अपने बच्चों का ध्यान रखती हो, खिलाती हो, पिलाती हो वैसे मेरा भी कर दिया करो। हमने भी बेटे को ज़िन्दगी पर पाला है पोशा है तब इतना बड़ा हुआ है तब तुम आकर राज कर रही हो। छोटी बहू सुन लेती पर जवाब कुछ न देती। अन्तत: अम्मा का मन हारने लगा। अम्मा जीवन भर इसी दिखावे में जीती रहीं कि मैं पाँच पूतों वाली माँ हूँ और सभी बहुएँ मेरा कहना मानती हैं। मैं सभी पर शासन करती हूँ। मेरी इच्छा के बिना कोई भी बहू कुछ नहीं कर सकती है। पर समय के साथ अपने दावे स्वयं को झूठे लगने लगे।

अम्मा का अन्तिम समय करीब आ गया था। इसका अहसास अम्मा को होने लगा था। अन्तिम साँस लेने से पहले छोटी बहू को बुलाकर अम्मा ने

कहा-बड़ी बहू ने मेरी बहुत सेवा की। वह मेरा दिल जीतना चाहती थी लेकिन मैं उसको समझ न सकी। उसका रंग साँवला था इसलिए नफरत की आग मेरे दिल में भरी थी। मैं उसको अपना न सकी। उसकी दवा भी नहीं होने दी जिससे वह असमय ही इस संसार से चल बसी। मैं तुम्हारा दिल जीतना चाहती थी। जीवन भर दिलोजान से तुम्हें चाहती रही। तुम्हारा दिल जीतने के दावे करती रही पर अन्ततः मैं तुमसे हार गयी।

# प्रायश्चित्त

प्रियंका के पापा बी.ए. प्रथम वर्ष की मार्कशीट लेकर जगह-जगह डिग्री कॉलेज में जाकर यह पता कर रहे थे कि मेरी बेटी ने सन् 1998 ई. में बी.ए. प्रथम वर्ष पास किया है, क्या अब उसे बी.ए. द्वितीय वर्ष में सीधे प्रवेश मिल सकता है? यह सुनते ही बताने वाला बाबू पहले यह पूछने लगता था कि आख़िर आपकी बेटी ने इतने वर्ष क्यों गैप किया? ज़्यादातर छात्राएँ इंटर पास करने के बाद एक, दो या तीन वर्ष तक इंजीनियरिंग की तैयारी करती हैं और उसके बाद कहीं-न-कहीं प्रवेश ले लेती हैं और आगे शिक्षा पूरी करती हैं। बहुत अधिक हुआ तो मेडिकल की तैयारी करने वाली छात्राएँ चार से पाँच वर्ष तक प्रतियोगी परीक्षा में बैठने की हिम्मत रखती हैं। इसके बाद निश्चित रूप से कहीं न कहीं वे भी प्रवेश ले लेती हैं। आपकी बेटी इतने वर्षों तक क्या करती रही? बी.ए. प्रथम वर्ष पास करने के बाद इतना लम्बा गैप। अब सत्र 2008-09 का बी.ए. प्रथम वर्ष का प्रवेश चल रहा है और 15 अगस्त तक प्रवेश प्रक्रिया को पूरा करना है। बी.ए. द्वितीय एवं तृतीय वर्ष का भी प्रवेश चल रहा है। बाबू ने आगे बताया कि इतना लम्बा गैप होने की वजह से छात्रा को सीधे द्वितीय वर्ष के लिए प्रवेश नहीं मिल सकता है। बी.ए. प्रथम वर्ष में प्रवेश के लिए प्रवेश परीक्षा में सम्मिलित होना पड़ता है तब मेरिट के अनुसार बी.ए. प्रथम वर्ष में प्रवेश मिलता है। बाबू ने पूछा कि आपकी बेटी ने क्या 2008-09 की प्रवेश परीक्षा में सम्मिलित हुई है? और यदि सम्मिलित हुई है तो उसकी मेरिट कितनी है? उसने कितना अंक अर्जित किया है? प्रियंका के पापा निरूत्तर। उनसे जवाब देते नहीं बनता कि आख़िर लोगों को क्या बताऊँ? बाप हूँ इस तरह का जवाब कैसे दूँ? कहते नहीं बनता। मन की बात मन में

ही दबाकर रह जाते। उनकी बस एक ही इच्छा थी कि मेरी बेटी को बी.ए. में प्रवेश मिल जाय।

प्रियंका के पापा अखिलेश प्रताप सिंह, इलाहाबाद में पुलिस विभाग में सिपाही पद पर कार्यरत थे। उनके एक पुत्र और दो पुत्रियाँ थी। प्रियंका बड़ी थी। पूजा छोटी थी। पुत्र पुनीत सबसे छोटा था। पूजा माता-पिता का बहुत ध्यान रखती थी कोई भी कार्य माता-पिता की इच्छा के बिना नहीं करती थी। पूजा के माता-पिता भी पूजा से बहुत प्रसन्न रहते थे। पूजा माता के कार्यों में हाथ भी बँटाती थी। पूजा पढ़ने में बहुत अच्छी न थी परन्तु बहुत मेहनती थी। कठिन परिश्रम करते हुए उसने इंटर पास कर लिया। समय बीतता गया। धीरे-धीरे उसने बी.ए. भी पास कर लिया। बी.ए. में अच्छे अंक आये और बी. एड. में भी उसे प्रवेश मिल गया। इस बीच उसका एम.ए. भी पूरा हो गया। 2007-08 में प्राथमिक शिक्षकों की वैकेन्सी निकली। उसमें उसने आवेदन किया और प्राथमिक शिक्षक के पद पर उसका चयन हो गया। वह अब डायट पर प्रशिक्षण प्राप्त कर रही है। पूजा की सफलता एवं व्यवहार से माता-पिता को जितनी ही प्रसन्नता थी प्रियंका के कार्य से उतनी ही खिन्नता।

कुछ दिनों के बाद प्रियंका के पापा पुनः उस बाबू के पास पहुँचे और उपाय पूछने लगे। कोई तो उपाय बताओ कि बेटी का अब एक भी वर्ष बेकार न जाय और इसी वर्ष उसे कहीं न कहीं प्रवेश मिल जाय। बहुत हिम्मत करके सकुचाते हुए निगाहें नीची किये हुए उन्होंने बाबू को बताया कि प्रियंका ने अपने मन का विवाह कर लिया था और शिक्षा अधूरी रह गयी। बाबू को भी दया आई और उसने भी एक पिता की बेबसी को अपने अंदर महसूस करते हुए बताया कि आप पत्राचार विभाग में चले जाइये, सम्भवत: वहाँ उसे प्रवेश मिल जाय। यदि कहीं नहीं प्रवेश मिलता है तो जिन विश्वविद्यालयों से व्यक्तिगत परीक्षा होती है कानपुर, पूर्वांचल या अवध विश्वविद्यालय, वहाँ से प्रवेश दिला दीजिए। इला. वि.वि. से तो केवल संस्थागत परीक्षा ही होती है यहाँ से इस वर्ष सम्भव नहीं है। इसके लिए आपको एक वर्ष इन्तज़ार करना पड़ेगा। प्रियंका के पापा चिन्तन, मनन करते हुए पुनः वापस चले गये।

पुत्र पुनीत कक्षा 8 का विद्यार्थी था। वह पढ़ने में भी बहुत अच्छा था और उसका व्यवहार, चाल-चलन सब अच्छा था। अत्यन्त विनम्र स्वभाव

का वह बालक था। पिता जी की पोस्टिंग प्रायः इधर-उधर रहती थी। उनकी अनुपस्थिति में माँ को कोई कमी नहीं होने देता था। माँ का बहुत ध्यान रखता था। छोटी उम्र का होकर भी बड़ी उम्र वालों जैसा ज़िम्मेदारी भरा व्यवहार करता था।

प्रियंका इस वर्ष मई 2008 में घर लौटी। यद्यपि घर में लौटने का उसके पास कोई मोरल न था, फिर भी पिता की देहरी पर आकर खड़ी हुई। माता-पिता घर की देहरी पर 10 वर्ष बाद देख कर सन्न रह गये। जिस चैप्टर को उन्होंने भुला दिया था, वह फिर ताजा होकर सामने खड़ा है। उनके हृदय का घाव और भी गहरा हो गया। अब इस समय जिगर के टुकड़े को न भगाते बन रहा था न ही पुचकार कर बुलाते। कुछ देर तक खड़ी प्रियंका प्रतीक्षा करती रही कि पहुँचकर भी घर में कैसे घुसूँ? प्रियंका के मानस पटल पर भी बिसरी स्मृतियाँ ताजा हो गयी थीं। माता-पिता ने कितना समझाया था कि इस उम्र में समुद्र में उठने वाले ज्वार की भाँति भावनाएँ तरंगे लेती हैं। जैसे समुद्र में ज्वार आता है फिर कुछ पल ठहरने के बाद वापस चला जाता है वैसे ही ज़िन्दगी में इस तथाकथित प्रेम का नशा होता है। प्रेम के जुनून में मनुष्य पागल हो जाता है। उचित-अनुचित का विवेक खो बैठता है। अभी तुम इसके चक्कर में न पड़ो। अभी तुम बी.ए. कर रही हो, पहले अपनी शिक्षा पूरी कर लो, फिर हम लोग इसके विषय में निर्णय लेंगे। लेकिन उस समय प्रियंका को किसी की बात अच्छी न लगती थी। उसके कानों को तो केवल वे ही बातें अच्छी लगती थीं, जो प्रणय कहता था। प्रियंका का परिचय प्रणय से कक्षा 11 में कोचिंग में पढ़ते समय हुआ था। प्रणय अम्बेडकरनगर ज़िले के इब्राहीमपुर गाँव से पढ़ने के लिए इलाहाबाद आया था। उसके माता-पिता साधारण किसान थे और बेटे को पढ़ाना चाहते थे। इसीलिए कक्षा 11 से ही बाहर भेज दिया। यहाँ वह पढ़ाई के साथ-साथ कोचिंग करने के उद्‌देश्य से आया था। उसने 'उत्कृष्ट' कोचिंग संस्थान में प्रवेश ले लिया। उसी कोचिंग में प्रियंका का परिचय प्रगाढ़ता में बदला। पहले तो दोनों अच्छे मित्र बने। मित्र बनते-बनते कब मित्रता ने प्रेम का रूप धारण कर लिया, प्रियंका इसे समझ ही नहीं पायी। उसका ध्यान पढ़ाई में कम लगने लगा। प्रियंका फिर भी इंटर पास हो गयी। उसने आदर्श

कन्या डिग्री कॉलेज, इलाहाबाद में बी.ए. प्रथम वर्ष में प्रवेश लिया। उस समय मेरिट के आधार पर बड़ी आसानी से प्रवेश मिल जाता था। बी.ए. में प्रवेश लेने के बाद उसका रूझान पढ़ाई में कम रहता था, प्रणय की तरफ़ ज़्यादा अनुरक्त रहता था। वह कॉलेज आने के बहाने नित्य प्रति सहेलियों के साथ इधर-उधर घूमने लगी। घूमने में आनन्द ज़्यादा आता था। कभी पिक्चर देखने का कार्यक्रम बनने लगा तो कभी सिविल लाइन्स घूमने का। धीरे-धीरे वह सहेलियों को भी बुद्धू बनाकर प्रणय के साथ घूमने निकल जाती। कक्षा से भी गायब रहने लगी। तब तक प्रियंका के माता-पिता को इसकी ख़बर न थी। कुछ महीने बीतने के बाद उठने वाले धुएँ की भाँति ये बातें माता-पिता के कानों तक पहुँची। उन्होंने निगरानी करनी शुरू कर दी। आने-जाने पर पाबन्दी लगा दी। प्रियंका को माता-पिता की रोक-टोक बिल्कुल अच्छी न लगती थी। उसे लगता था कि मैं अब बालिग हो चुकी हूँ। स्कूल ड्रेस पहनना छोड़ दिया है। अब मेरी मर्ज़ी। मै जो चाहूँ अब वह पहनूँ, जो चाहूँ वह खाऊँ, जहाँ चाहूँ वहाँ जाऊँ। मेरे मामले में माता-पिता क्यों हस्तक्षेप करते हैं? आख़िर ये क्यों नहीं समझते कि मैं अपने मामलों में निर्णय लेने के लिए पूर्ण सक्षम हो चुकी हूँ। आख़िर कब ये लोग मानेंगे?

प्रियंका में दृढ़ता आती गयी और उसने खुलकर माता-पिता की बातों का विरोध करना शुरू कर दिया। प्रियंका ने माता-पिता के सामने यह ठान लिया कि आप लोगों को मेरी शादी प्रणय से करनी होगी। बिना यह विचार किये कि प्रणय अभी क्या करता है? उसका क्या कैरियर है? दाम्पत्य जीवन का बोझ कैसे उठायेगा? माता विजय लक्ष्मी सिंह ने अकेले में प्रियंका को बहुत समझाया। बेटी अभी तुम नादान हो। जीवन में कितनी विषम परिस्थितियाँ आती हैं, अभी तुम्हें इसका आभास नहीं है। बेटी के लिए शिक्षा ही सबसे बड़ा धन है। तुम अपना ध्यान पढ़ाई में लगाओ। पढ़-लिखकर जब तुम योग्य इन्सान बन जाओगी तो तुम्हारी इच्छानुसार ही तुम्हारी शादी करेंगे। प्रणय भी अभी पढ़ रहा है। ऐसे में शादी करना सम्भव नहीं है।

इश्क़ का जुनून प्रियंका के सर चढ़ता ही गया। उसने धमकी देना शुरू कर दिया कि अगर आप लोग मेरी शादी प्रणय से नहीं करेंगे तो मै जान दे

दूँगी। माता-पिता स्तब्ध रह गये। पुत्री की जिद, सनक के आगे माता-पिता ने समझौता करना शुरू कर दिया। पारिवारिक, सामाजिक तिरस्कार का सामना करते हुए भी उन्होंने प्रियंका का विवाह प्रणय से करने को स्वीकार कर लिया लेकिन एक शर्त रखी कि शादी के बाद तुम वापस नहीं आओगी।

उस समय प्रियंका ने माता-पिता की बातों पर बिल्कुल भी ध्यान नहीं दिया और उसने वही किया जो उस समय उसे अच्छा लग रहा था। आख़िरकार प्रियंका ने प्रणय के साथ विवाह कर लिया। विवाह होते ही प्रणय के साथ चली तो गयी परन्तु धीरे-धीरे प्रणय के रूख में परिवर्तन आने लगा। प्रणय के पास आय का कोई निश्चित साधन न था। अभी वह स्वयं भी पढ़ाई ही कर रहा था। उसके माता-पिता जो खर्च भेजते थे पहले उसी में काम चलाता था। धीरे-धीरे उसे यह महसूस होने लगा कि माता-पिता कम खर्च देते हैं। उसने अन्य काम करने भी शुरू कर दिये। किसी तरह से उसने बी.ए. पास कर लिया और प्रतियोगी परीक्षाओं की तैयारी करने लगा। काफ़ी दिन तक तैयारी करता रहा लेकिन कहीं सफल न हुआ। इधर प्रियंका के आने से उसका खर्च बढ़ गया था। वह प्रतियोगी परीक्षाओं में सेटिंग का कार्य करने लगा। इधर-उधर से कभी-कभार ठीक-ठाक कमाई हो जाती थी और जीवन की गाड़ी आगे बढ़ने लगी। कुछ दिनों पश्चात् प्रियंका ने एक पुत्री को जन्म दिया।

एक दिन ऐसा आया कि वह पेपर आउट कराते हुए रंगे हाथों पकड़ा गया और उसके दो-तीन मित्र भी पकड़े गये। उन्हें जेल हो गयी। प्रियंका को जब यह ख़बर पता चली तो उसके पैरों तले ज़मीन खिसक गयी। अब उसे कुछ भी नहीं सूझ रहा था कि वह क्या करे? किससे अपनी वेदना कहे। कहाँ आश्रय ग्रहण करे? जब उसके पास जीने का कोई सहारा ना बचा तो अन्ततः वह पिता की दहलीज पर आ खड़ी हुई और एक पुत्री के साथ। माता-पिता की तरफ़ निहारती रही। बहुत देर तक देखने के बाद उसे लगा कि माता-पिता घर में घुसने के लिए बुलायेंगे नहीं। पर उनके रुख में नरमी का अहसास करते हुए आगे बढ़ी और माता के चरणों में पड़ गयी। उसके आँखों से अविरल अश्रु प्रवाहित हो रहे थे। उसके मुँह से सिर्फ़ एक ही शब्द निकल रहा था–पिता जी ग़लती हो गयी।

सिपाही अखिलेश प्रताप सिंह का पितृ हृदय पुत्री की वेदना से व्यथित था। उन्हें मर्मान्तक पीड़ा हो रही थी। उनके मस्तिष्क में पुत्री की बस यही आवाज गूँजती थी-ग़लती हो गयी। ग़लती हो गयी। व्यथित हृदय से पैर पटकते हुए खीझते हुए इस कॉलेज से उस कॉलेज तक बी.ए. में प्रवेश हेतु दौड़ रहे थे।

# कुँआरी

पग घुँघरूँ बाँध मीरा नाची, रे....राग पीलू का आलाप चल रहा था। संगीत की कक्षा में छात्राएँ बार-बार अभ्यास कर रही थीं। उसमें से कुछ छात्राओं– शक्ति, पूनम, रूपम, शालिनी ने राग के सुर को जल्दी से समझ लिया और सुर में गाने लगीं। संगीत में गाने लगीं। संगीत की शिक्षिका डॉ. सुमन लता शर्मा बार-बार उन्हें अभ्यास करा रही थीं। धीरे-धीरे अन्य छात्राएँ भी सीख रही थीं। सुमन लता का सुर और स्वर जितना मीठा और सुरीला था, व्यक्तित्व भी उतना ही सुन्दर था। सुन्दर रुचिपूर्ण ढंग से केश विन्यास, माथे पर छोटी सी मैरून कलर की बिन्दी, दमकता हुआ गौर वर्ण का मुखारबिन्द, सुग्रीव कण्ठाभरण, शालीन सुसज्जित परिधान, सुन्दर देहयष्टि, चाल में सौम्यता, विनम्रता एवं मादकता की सुरभि, सुकोमल पद, पैरों में क्राक्स कम्पनी की श्वेत रंग की लेदर सैंडिल, कन्धे पर ब्राउन कलर का कमर तक लटकता हुआ ब्रांडेड मोचीज़ कम्पनी की लेदर का पर्स, बायें हाथ में चेन वाली घड़ी और दायें हाथ में सोने का कड़ा पहने हुए जब कॉलेज में आतीं, छात्राएँ उनके लुक पर मुरीद हो जाती थीं।

वीरांगना ऊदा देवी गर्ल्स डिग्री कॉलेज, इलाहाबाद में 1985 से संगीत गायन विभाग में शिक्षिका थीं। म्यूजिक रूम की चाभी सदा उनके पास ही रहती थी। कॉलेज पहुँचने का उनका समय निश्चित था। ठीक ग्यारह बजे पूर्वान्ह से उनकी कक्षा शुरू होती थी। चार बजे शाम तक निरन्तर वह छात्राओं में डूबी हुई उनको सिखाती रहती थीं। बी.ए. प्रथम वर्ष, द्वितीय वर्ष एवं तृतीय वर्ष की कक्षाएँ लगातार लेती रहती थीं राग सिखाते-सिखाते कभी-कभी उनका गला बैठ जाता था, पर कभी हार नहीं मानती थीं। थोड़ा विश्राम करके फिर शुरू हो जातीं। वह कभी जोर का गुस्सा नहीं करती थीं। छात्राओं को डाँटतीं

भी तो बड़ी मिठास भरी आवाज में। उनकी मीठी झिड़की को छात्राएँ बख़ूबी समझती थीं। लेकिन म्यूज़िक की कक्षा में वह पच्चीस से ज़्यादा छात्राओं को लेती ही नहीं थीं। उनकी इतनी अधिक प्रतिष्ठा थी कि अधिक-से-अधिक छात्राएँ संगीत सीखना चाहती थीं। उनके लिए चुनौती यह होती थी कि कैसे वह छात्राओं की संख्या को सीमित रखें। इसलिए संगीत विषय देने के लिए सुमन लता स्वयं टेस्ट लेती थीं। उनसे कुछ पंक्तियाँ गाने के लिए कहती थीं। वह सुर एवं लय की इतनी पक्की थी कि लड़कियों के दो लाइन गीत गाते ही समझ जाती थीं कि कौन सी छात्राएँ आगे सीख जायेंगी और कौन सी छात्राएँ नहीं सीख पायेंगी। उन छात्राओं को यह कहकर मना कर देती थीं कि उनका सुर एवं लय ठीक नहीं है और आगे वे अच्छा नहीं कर पायेंगी। उन छात्राओं को अन्य विषय लेने की सलाह देतीं। उनका कहना था कि जिस छात्रा को म्यूज़िक का बेसिक ज्ञान नहीं है, वह आगे अच्छा नहीं कर पायेगी। अगर थ्योरी पढ़कर ज्ञान अर्जित कर भी लेगी, लेकिन प्रेक्टिकल में पास नहीं हो पायेगी। आगे उसका कॅरियर प्रभावित होगा। इसलिए बेहतर है कि दूसरे विषय का ज्ञान आर्जित करें, जिससे आगे चलकर उनका भविष्य अच्छा बने। अन्ततः उनकी बात को छात्राओं तथा प्राचार्या डॉ. रश्मि देवी को मानना ही पड़ता था।

पर जितना ही मनोयोग से वह कला को सिखाती थीं, उनमें प्रवीणता थी, उतना ही वह जीवन के अनुभवों से अनजान थीं। जब वह इलाहाबाद विश्वविद्यालय से 1980 में बी.ए. कर रही थीं, उस समय उनकी अनेक सहेलियाँ थी। कंचन, संगीता, शबनम सभी सहेलियाँ उनको बहुत पसन्द करती थीं। पसन्द करने का मूल कारण था उनका मधुर व्यवहार, उनकी शालीनता, कुलीनता और भारतीय संस्कृति की गहरी छाप। साथ में पढ़ते हुए न जाने कितने सहपाठी मनोज, संजय, शिवांश, आदित्य आदि उनकी तरफ़ आतुरता से देखते थे और मन ही मन अपना बना लेने की योजनाएँ बनाते थे, पर बात सीधे सामने से कह नहीं पाते थे क्योंकि तब बात-बात में आज की तरह 'आई लव यू' कहने का जमाना नहीं था। तब सहपाठी दिलोजान से पसन्द करते हुए भी कह पाने का साहस नहीं जुटा पाते थे। सोचते थे कि

कुलीन, अच्छे संस्कारी लड़के की अच्छी इमेज क्षण-भर में मिट्टी में मिल जायेगी। इसलिए चाहते हुए भी मन की बात को बाहर नहीं आने देना है। किसी से कहना भी नहीं है। नहीं तो यह बात कक्षा में आग की तरह फैलने में देर नहीं लगेगी। कक्षा से पूरे विश्वविद्यालय में और फिर घर तक इसकी आँच पहुँच जायेगी। सहपाठी लोग तुरन्त इसमें मिर्च मसाला लगाकर चटाकारे ले लेकर अनेकानेक रोमांस की कहानियाँ गढ़कर एक दूसरे को बतायेंगे।

सुमन भी अपने व्यक्तित्व के प्रति बहुत सावधान थी कि विश्वविद्यालय में पढ़ते हुए ऐसी कोई ख़बर माता-पिता के कानों में नहीं पहुँचनी चाहिए जिससे उनके सम्मान को ठेस पहुँचे। सुमन भी अपने सहपाठी मित्रों में से कई लोगों को पसन्द करती थी, परन्तु बातचीत बहुत सावधानी से करती थी। यह तो प्रकृति का नियम है कि जो लोग हमारे आस-पास होते हैं, कब उनके साथ रहते-रहते मित्रता प्रगाढ़ता में बदल जाती है, यह तो पता ही नहीं लगता। बात तब पता चलती है जब मन में कुछ खटकने लगता है, किसी की कमी महसूस होने लगती है या उसके साथ समय बिताना ज़्यादा अच्छा लगने लगता है। सुमन को महसूस होने लगा कि शिवांश उसे बहुत प्रिय है। शिवांश उसको बहुत प्यारा लगता था। आकर्षण का कारण भी था। शिवांश का लम्बा क़द, गौर वर्ण, छरहहरा फुर्तीला शरीर, सहायता करने को सदा तत्पर। किसी भी लड़की की आपत्ति काल में, कठिन परिस्थितियों में मदद करके उसके हृदय में जगह बनाने की कला में लड़के बहुत माहिर होते हैं। वे जानते हैं कि लड़कियाँ बहुत भावुक होती है, निश्छल होती हैं। उनकी श्रद्धा और प्रेम का पात्र बनना इसी रास्ते से सबसे आसान होता है। सुमन भी शिवांश के व्यवहार से बहुत आकर्षित थी। वह शिवांश को मन ही मन बहुत पसन्द करती थी पर कभी भी अपने किसी सहपाठी मित्र से यह जाहिर नहीं होने दिया कि वह शिवांश को कितना चाहती है। शिवांश पढ़ने में भी बहुत तेज था। वह विश्वविद्यालय में बी.ए. में टॉपर था, गोल्डमेडलिस्ट था। वह अम्बेडकर नगर के एक गाँव ताजपुर से पढ़ने के लिए इलाहाबाद विश्वविद्यालय में आया हुआ था। कहते हैं कि प्रतिभा किसी की मोहताज नहीं होती है। किसी की बपौती नहीं होती है। वह भाग्य एवं कर्म से किसी को भी मिल सकती है। ठीक यही

बात शिवांश पर भी लागू होती है। शिवांश को मन ही मन एहसास था कि सुमन जब हमारी तरफ़ देखती है तो उसकी आँखों में प्यार भरा होता है पर जिह्वा पर वह आने नहीं देती है। इसलिए वह भी अपनी तरफ़ से कुछ शब्द कहकर सुमन की दृष्टि में गिरना नहीं चाहता। वह भी अपने मन की बात को मन में ही दबाये रहता है। शिवांश प्रतियोगी परीक्षाओं की तैयारी करने लगता है। धीरे-धीरे आगे बढ़ता हुआ सरकारी सेवा में चला जाता है। उत्तर प्रदेश राज्य सेवा में उच्च पद पर अधिकारी बन जाता है। उसके माता-पिता सुन्दर सुशील पढ़ी-लिखी धनाढ्य परिवार की कन्या से उसकी शादी कर देते है। धीरे-धीरे दो नन्हे-मुन्हे बालक उनके आँगन में खेलने लगते हैं। पत्नी सुनीता घर-गृहस्थी को अच्छे से सँभालने लगती है।

इधर सुमन की ज़िन्दगी भी शिक्षा के क्षेत्र में आगे बढ़ती जाती है। बहुत ही नाम और प्रतिष्ठा को प्राप्त करती रहती है। पर शादी के प्रश्न पर घर में कोई विचार विमर्श ही नहीं होता है, कब शादी होनी है। सुमन मन ही मन इन्तज़ार करती रहती है कि मम्मी-पापा एक दिन मेरी शादी के लिए एक अच्छा सा रिश्ता ढूँढ़ेंगे, पर जैसे उन्हें तो कोई चिन्ता ही नहीं है। सुमन के माता-पिता भी सरकारी सेवा में थे। माता जूनियर हाई स्कूल में सामाजिक विषय की शिक्षिका थीं। पिता जी ए. जी. ऑफ़िस में द्वितीय श्रेणी में सरकारी अधिकारी थे। पर उनकी सेवा निवृत्ति का समय भी नजदीक आ रहा था। उनकी भी शक्ति क्षीण हो रही थी। सुमन तीन भाई-बहन थे। एक बहन और दो भाई। सुमन ही सबसे बड़ी थी। छोटे भाई-बहन अभी पढ़ाई ही कर रहे थे। उनकी भी ज़िन्दगी सेटिल नहीं हो पा रही थी।

भाई अजय और संजय भी नौकरी की तलाश में थे परन्तु कहीं भी नौकरी नहीं लग पा रही थी। अजय ने पुस्तकों की दुकान खोल ली और व्यापार में भाग्य आजमाने का मन बनाया। संजय ने वकालत की शिक्षा प्राप्त की थी। इसलिए वकालत की प्रैक्टिस करने लगा। जब अजय का व्यवसाय थोड़ा ठीक-ठाक स्थिति में आ गया तो अजय की शादी कर दी गयी। घर में भाभी मीरा के आने से घर की रौनक बढ़ गयी।

लेकिन सुमन के पिता जी यशोवर्द्धन शर्मा सुमन की शादी के लिए ईमानदारी से प्रयास नहीं करते हैं। माता जानकी देवी हमेशा रट लगाये रहती

हैं कि सुमन की उम्र बढ़ती जा रही है, अभी तक उसके लिए आप एक लड़का नहीं ढूँढ़ पाये। हमारी सुमन इतनी सुशील, संस्कारी सुशिक्षित है। डिग्री कॉलेज में पढ़ाती है और अच्छी नौकरी भी है। देखने में भी इतनी सुन्दर है फिर आप उसके लिए सुयोग्य वर क्यों नहीं ढूँढ़ पाते हैं? परिणामतः सुमन की उम्र धीरे-धीरे बढ़ती जाती है। जब सुमन पैंतीस की उम्र पार करने लगती है तब एकाएक माता-पिता को एहसास होने लगता है कि शादी करना तो ज़रूरी हैं नहीं तो लोग क्या कहेंगे? हम लोगों को पाप लगेगा। कन्या कुँआरी रह जायेगी। लोग यही कहेंगे कि शर्मा जी ने बेटी को बहुत शौक़ से पढ़ाया-लिखाया पर ज़िम्मेदारी से एक पिता के धर्म को नहीं निभा पाये। कभी-कभी रिश्तेदार, आस-पड़ोस के लोग चर्चा करने लगे कि शर्मा जी सुमन की शादी कब करेंगे? समय निकला जा रहा है।

तब शर्मा जी को एक आसान सा उपाय सूझा। उन्होंने सोचा कि अब तो ज़्यादातर लड़के-लड़कियाँ प्रेम-विवाह करने लगे है। सुमन से भी कह देते है कि तुम ख़ुद ही अपने अनुकूल कोई लड़का ढूँढ़ लो और हम लोगों को बता दो। हम लोग शादी की सारी व्यवस्था कर देंगे। इस तरह शादी करना आसान हो जायेगा। लेकिन तब तक बहुत देर हो चुकी होती है। सुमन की उम्र अड़तीस पार कर जाती है। सुमन का मन भविष्य को लेकर उद्विग्न रहने लगता है। उसे चिड़चिड़ाहट आने लगती है। अब तक जो सुमन किसी के सामने मुँह नहीं खोलती थी, अब फटाफट सबके सामने जवाब देने लगती है। अधिक उम्र वाले नौकरी करने वाले कुछ कुँआरे लड़कों के प्रस्ताव भी आते हैं। साथ में कई लोग अब भी प्रयास करते हैं कि सुमन की शादी किसी तरह से हो जाये और सुमन भी शादी के लिए तैयार हो जाये। लेकिन घर की सारी परिस्थितियों को समझते हुए बड़ी गहरी साँस लेते हुए एक दिन सुमन अपने मम्मी-पापा तथा भाइयों से कहती है कि मैं जैसी भी हूँ, वैसी ही ठीक हूँ। अब चालीस की उम्र में शादी करने से कोई फ़ायदा नहीं है। अब बाल-बच्चे तो होंगे नहीं, इसकी भी आशा धूमिल हो चुकी है। शादी होने पर ससुराल वालों की निगाह केवल मेरी सेलरी पर रहेगी। इसलिए जब अब तक का जीवन माता-पिता, भाइयों को समर्पित कर दिया तो आगे का जीवन भी इन्हीं की सेवा में समर्पित

करना चाहती हूँ। भाई-भतीजों के साथ मेरी भी ज़िन्दगी पार हो जायेगी। अब शादी की कोई कामना नहीं है। अगर शादी करनी थी और आप लोग वाकई चाहते थे तो पहले भी यही बात कर सकते थे। लेकिन तब आप लोगों को डर लगा रहता था कि अगर अभी शादी कर देंगे तो घर की सबसे मोटी कमाई, जिसके बल पर पूरा घर चल रहा है, वह स्रोत बन्द हो जायेगा। सभी छोटे भाई-बहनों को दिक़्क़त होगी। अगर कोई व्यक्ति इस उम्र में मुझसे शादी करना चाह रहा है तो वह भी हमारे लिए नहीं, हमारी नौकरी के पैसों को पाने के लिए शादी करने के लिए तैयार है। उसकी भी दृष्टि हमारे ऊपर नहीं, अपितु हमारे पैसों पर टिकी है। शादी करते ही दोनों परिवारों में कलह मच जायेगा। इसलिए अब शादी न करना ही बेहतर विकल्प है। भाई-भतीजों के प्रेम में डूबी हुई वह सोचती है कि इन्हीं लोगों के सहारे मेरी भी ज़िन्दगी कट जायेगी। वह अपने मन में सदा ही कुँआरी रह लेने का निश्चय कर लेती है। अब चालीस की उम्र की दहलीज पर खड़ी होकर माता-पिता से कहती है–आप ही मेरे भगवान है। आप लोगों की ही सेवा में मेरा तन-मन-धन समर्पित है। माता-पिता की सेवा, भाई-भतीजों की शिक्षा, स्वास्थ्य पर अपना जीवन न्यौछावर कर देती है। आजीवन कुँआरी रहते हुए परिवार की सेवा को ही प्रमुखता देती है। अपना मन धीरे-धीरे भक्ति, ध्यान, योग में लगाने लगती है। समाज की सेवा में तत्पर रहने लगती है। इस तरह परिस्थितियों की लकीर पर चलते हुए समय पर विवाह का निर्णय न लेने का पश्चाताप उसके मन में गूँजता रहता है। जब माता-पिता को यही करना था तो यह बात उस समय क्यों नहीं कहे, जब हमारे आस-पास न जाने कितने सहपाठी शादी का मन बनाये विचरण करते थे।

उस समय निर्णय लेना आसान था और हम आसानी से शादी कर सकते थे। लेकिन तब मेरे अन्दर साहस नहीं था। अपने लिए निर्णय लेने का। हमने अपने आप को माता-पिता के हवाले समर्पित कर दिया था। लेकिन यह हमारी भूल थी। समय पर निर्णय न लेना ज़िन्दगी की दिशा और दशा बदल कर रख देता है और आज हमारे साथ भी यही हो रहा है। हम शादी करके अपना घर-बार बसाना तो चाहते थे लेकिन इसके लिए हमें खड़े होने की ताकत नहीं थी। शिक्षा, नौकरी होते हुए भी अपने भविष्य के लिए लड़ने की क्षमता नहीं थी।

निर्णय लेने का साहस नहीं था। आज उन्हीं कमज़ोरियों के कारण समर्पण और परिवार की सेवा के रास्ते पर जाना मेरी नियति है। बड़े कड़वेमन से जीवन की सच्चाई को स्वीकार करके सुमन अपने मन को समझाती है। वह परिवार में ही अपना अस्तित्व ढूँढ़ती है। अब उसे अच्छी तरह से समझ में आ जाता है कि माता-पिता ने जान-बूझकर पहले शादी की अनुमति नहीं दी और अब जब जान गये कि अब उसकी शादी होना मुश्किल है तो शादी करने की अनुमति देकर अपने सिर का भार कम करने की कोशिश कर रहे हैं। लेकिन वे अब यह नहीं समझते कि मैं अब सब समझ रही हूँ। अब मैं ज़िन्दगी से अनजान नहीं हूँ। अब ज़िन्दगी के यथार्थ ने ही मुझे इस रूप में गढ़ा है। अब मैं उसकी मिशाल हूँ। कुमारी सुमनलता शर्मा। समय बिताने का सहारा विरासत में मिला हुआ था। जब वीणा के तार बजाती थी तब उनके मन के तार भी झंकृत हो उठते थे। पर साधना के बहाने मन के तारों को भी साधना सीख लिया था। छात्राओं के बीच में जीवन का संगीत गुनगुनाते हुए समय के पहिये पर आगे बढ़ती जा रही थी।

# त्रिविवाह

कार्तिक का महीना था। धान कट रहा था। यद्यपि अबकी बार सूखा पड़ गया था, इसलिए धान की बालियों में जान नहीं थी। रहीमपट्टी गाँव में मजदूर गिरे मन से धान को काटकर सिर पर ढोकर खलिहान में लाकर इकट्ठा कर रहे थे। निन्हीं गाँव के अन्य बच्चों झिन्नी, शीला, शोभा, मुनिया आदि के साथ लुकाछिपी का खेल खेल रही थी। जब निन्हीं चोर बनती थी तो बहुत ही जल्दी बड़ी चतुराई से सभी बच्चों को ढूँढ़ लेती थी। शीघ्र ही अपना दाँव जीत लेती थी। मजदूर कुछ धान पीट चुके थे। कुछ खरही लग चुकी थी। कुछ देर में चोर को लेकर बच्चों में झगड़ा हो गया और लुकाछिपी का खेल ख़त्म हो गया। अब खरही के उपर चढ़कर नीचे सरकने का खेल खेलने लगे। खरही पर से सरकना बड़ा अच्छा लग रहा था। नीचे पुआल पर आकर गिरने से चोट भी नहीं पता चल रही थी। वैसे खेलने में अगर हल्की-फुल्की चोट लग भी जाय तो भी बच्चे घर में नहीं बताते हैं। बताने से घर में डाँट पड़ेंगी। एक खरही से दूसरी खरही पर कूदने में और भी आनन्द आ रहा था। निन्हीं भी बड़ी फुर्ती के साथ कूद रही थी।

निन्हीं उम्र के आठवें वर्ष में प्रवेश कर चुकी थी। उसके पिता का असमय देहावसान हो गया था। अब उसके माँ के मन में सबसे बड़ी चिन्ता यही थी कि कैसे सभी लड़कियों की शादी निपटाऊँगी। इसलिए सबसे बड़ी निन्हीं की शादी जल्द ही कर देना चाहती थीं। रिश्तेदारों की मदद से शीघ्र ही उसका विवाह कर दिया। लड़का उस समय पढ़ रहा था। लड़के का नाम था कामतानाथ। वह अम्बेडकर नगर ज़िले के टाण्डा तहसील के मंगारीपुर गाँव का रहने वाला था। कामतानाथ धीरे-धीरे पढ़कर बी.ए. पास कर लिया। अब

पाँच वर्ष बाद गौना का दिन आया। गौना हुआ और निन्हीं 13 वर्ष की उम्र में ससुराल गयी। कुछ दिनों के बाद उसे पुत्र रत्न की प्राति हुई। निन्हीं भारतीय नारी के गौरव से विभूषित हो गयी। इसी बीच कामतानाथ को लखनऊ में एक बैंक में नौकरी मिल गयी। अब निन्हीं की ख़ुशी का ठिकाना ना रहा कि उसके पति को नौकरी मिल गयी है। वह अपनी ज़िन्दगी ख़ूब ख़ुशियों के साथ जी सकेगी। परन्तु कामतानाथ के तेवर नौकरी मिलते ही बदल गये। अब पढ़ी-लिखी लड़की के स्वप्न आँखों में तैरने लगे। निन्हीं बुरी लगने लगी। अनपढ़ नज़र आने लगी। इतने दिनों तक ससुराल में सबकी सेवा करती रही पर किसी के दिल में जगह न पा सकी। उसके सतीत्व के सारे गुणों पर पानी फिरने लगा। बिना किसी कारण के निन्हीं को ससुराल से मायके भेज दिया गया और कहा गया कि तुम अपनी माँ से मिल आओ पर इसके बाद कोई लेने नहीं आया। निन्हीं काफ़ी दिनों तक प्रतीक्षा करती रही। बाद में उसे महसूस करा दिया गया कि उस घर में निन्हीं के लिए कोई जगह नहीं है और बेटे चन्द्रभान को अपने साथ ले गये।

अब एक बार फिर निन्हीं माँ कुसुम देवी के सिर का बोझ बन गयी। निन्हीं बिलख रही थी कि माँ अब दूसरा विवाह नहीं करूँगी। माँ अब मैं किसी दूसरे के घर नहीं जाऊँगी। जब मेरा एक ब्याह हुआ, मैं इतनी लगन और निष्ठा से कार्य करती रही फिर भी यह हाल हुआ। माँ अब किसी पर मैं कैसे भरोसा करूँ। माँ तुम्हीं बताओ–जहाँ मेरा जन्म हुआ है उस धरती पर जीने तक को कोई हक नहीं है? मैं अब और कहीं नहीं जाऊँगी। यहीं पर रहूँगी लेकिन माँ को कैसे संतोष होता। न तो उनके पास सामर्थ्य थी निन्हीं को पढ़ाने की, न ही उन्होंने पढ़ाया। अन्य बहनों को भी नहीं पढ़ाया। जीने का भी तो कोई सहारा चाहिए। निन्हीं की माँ के पास बहुत थोड़ी खेती थी जिसमें वह गुजर-बसर कर रही थी। अन्त में माँ ने निन्हीं को दूसरी जगह भेजने का मन बना ही लिया। मर-मर के जीते हुए और जी-कर मरते हुए निन्हीं को माँ की बात माननी ही पड़ी।

माँ ने उन्हीं रिश्तेदारों की मदद से दूसरा लड़का ढूँढ़वाना शुरू किया जिन्होंने पहली बार मदद की थी क्योंकि कुसुम के पास इसके सिवाय और

कोई उपाय नहीं था। एक लड़का पता चला वह ग़रीब परिवार का था। अनपढ़ था। सामान्य खेती-बारी थीं। फैजाबाद ज़िले के गोसाईंगंज तहसील के पहाड़पुर गाँव का रहने वाला था। एक परिवार का जीवन काटने लायक पाँच बीघे का खेत था। परिवार में केवल विधवा माँ चन्द्रवती देवी थी और बेटा श्यामलाल। श्यामलाल की एक शादी हो चुकी थी। शादी बचपन में हुई थी। इसलिए यह समझ नहीं मिला था लड़की कैसी है। जब बहू बनकर इस घर में आई तो माँ-बेटे को पसन्द ही नहीं आई क्योंकि पैर से हलका भचक कर चलती थी। श्यामलाल ने उसको छोड़ दिया था।

निन्हीं शारीरिक रूप से स्वस्थ थी। निन्हीं की माँ ने सोचा-निन्हीं पूरे परिवार को संभाल लेगी और निन्हीं का भी गुजर-बसर हो जायेगा। निन्हीं की माँ ने अपनी सामर्थ्य के अनुसार देकर निन्हीं को विदा किया। वहाँ सास का सब चीजों पर कड़ा पहरा था। निन्हीं का पेट नहीं भरता था। निन्हीं सोचती थी–कमाऊँगी, मेहनत करूँगी, धीरे-धीरे स्थिति बदल जायेगी। इसी आशा से ख़ूब मेहनत करती थी पर कलावती और श्यामलाल कुछ नहीं करते थे। जब से निन्हीं आ गयी थी, मां-बेटे की मौज हो गयी थी। सबसे पहले ख़ुद खा लेते थे और यह परवाह ही नहीं करते थे कि निन्हीं के लिए भोजन बच रहा है या नहीं। कड़ी मेहनत के बावजूद निन्हीं को भरपेट भोजन नसीब ही नहीं हो रहा था। इससे भले तो जेल के कैदी हैं जिन्हें भरपेट भोजन मिल ही जाता है। कितने दिनों तक निन्हीं पेट से समझौता करती।

समय बीतता गया और निन्हीं ने एक कन्या को जन्म दिया। अब खर्च और बढ़ गया। दवा के लिए पैसे नहीं मिल पाते थे। माँ की ममता से वह तार-तार हो रही थी। एक तरफ़ पुत्र विक्षोह में दिल तड़प रहा था तो दूसरी तरफ़ कन्या की दवा न करवा पाने के कारण अत्यन्त दुखी थी। उसने सोचा कि इससे तो अच्छा है माँ के पास रहूँगी और इतनी मेहनत करूँगी तो बेटी को पढ़ा लिखा भी लूंगी। अबकी बार उसने पुत्री प्रीती को ससुराल नहीं छोड़ा। प्रीती को लेकर मायके आ गयी। अब निन्हीं ऐसे दोराहे पर खड़ी थी कि किधर जाए? मायके में भी निन्हीं से छोटी तीन बहनें थीं। गुंजा, कोमला, सरोजा। उनका भी शादी-ब्याह होना था। कैसे हो? कौन करे? ऊपर से निन्हीं जहाँ से चली थी वहीं आकर फिर खड़ी हो गयी एक और पुत्री के साथ। उसने सोचा-कहीं

भी जाना ठीक नहीं। मेहनत करूँगी और बेटी को शिक्षित बनाऊँगी ताकि मेरी जैसी स्थिति प्रीती की न हो। पर उस समाज में बेटी का इस तरह मायके में रहना भी दूभर है। कुछ ही दिनों में उसने महसूस कर लिया। नात-रिश्तेदार, पास-पड़ोस की सभी औरतों ने समझाया कि निन्हीं कहीं घर कर लो। जल्द ही निन्हीं को यह बात समझ में आ गयी। माँ भी यही चाहती थीं।

अबकी बार कुसुम ने ऐसे घर की तलाश करवानी शुरू की जहाँ निन्हीं का पेट भर सके। अब इस उम्र में उचित वर मिलना तो और भी मुश्किल था। काफ़ी खोज-बीन के बाद पता चला कि मीरापुर गाँव में एक विधुर है जिसके पाँच बच्चे हैं तीन लड़का–रमेश, महेश, दिनेश और दो लड़की ऊषा और पुष्पा। पत्नी बीमारी से असमय ही कालकवलित हो गयी थीं। बच्चों की परवरिश के लिए समस्या थी। आर्थिक स्थिति ठीक थी। खेती-बारी अच्छी थी। विधुर का नाम था रामफेर। निन्हीं ने सारी स्थिति जानकर भी जाने के लिए हामी भर दी। विदाई हुई। निन्हीं पाँच बच्चों के परिवार में पहुँची। वहाँ भी अनेकों तरह की समस्याएँ थीं पर निन्हीं फिर भी सन्तुष्ट थी कि अबकी बार पेट तो भर रहा है। तीसरी जगह आना भी बुरा होते हुए भी बुरा नहीं लग रहा था। बच्चों की चहल-पहल में निन्हीं अपनी ख़ुशियाँ ढूँढ़ने लगी।

यहाँ तक कि उसे अपने मातृत्व तक से समझौता करना पड़ा कि वह अब और बच्चों की माँ नहीं बनेगी। पहली पत्नी से ही पाँच बच्चे हैं। उसने पेट की खातिर यह भी कबूल कर लिया और उन्हीं बच्चों में खो गयी। उसी परिवार की हो गयी कि समाज में किसी की पत्नी हूँ। पत्नी का दर्जा तो हासिल है भले ही तीसरा विवाह करना पड़ा। यह समाज मुझे इस परिवार तले जीने तो देगा। भले ही हमेशा यह भी कहता रहेगा कि यह निन्हीं का तीसरा विवाह है। निन्हीं तीसरी जगह आई है। पर यह भी कबूल है। निन्हीं अपनी बेटी प्रीती को भी साथ ले गयी थी। सभी बच्चे उसके साथ सौतेला व्यवहार करते थे। इससे भी समझौता करके निन्हीं ज़िन्दगी जिये जा रही थी क्योंकि अबकी बार उसकी बेटी का भी पेट भर रहा था और उसका भी। वह बेटी को ख़ूब पढ़ाने का स्वप्न देख रही थी। अन्य बच्चों के साथ उसकी बेटी प्रीती भी स्कूल पढ़ने जाने लगी थी।

# पर्यावरण

वीरांगना झलकारी बाई डिग्री कॉलेज, प्रयागराज विश्वविद्यालय में राष्ट्रीय सेवा योजना का विशेष शिविर चल रहा था। सभी स्वयं सेविकाओं एवं कार्यक्रम अधिकारियों में अत्यधिक उत्साह था। महाविद्यालय में राष्ट्रीय सेवा योजना की सात इकाइयाँ थीं। प्रत्येक इकाई में लगभग 100 स्वयं सेविकाएँ थीं। इस तरह कुल 700 छात्राएँ नामांकित थीं। प्रत्येक इकाई से 50 छात्राओं ने विशेष शिविर में सहभागिता की थी। 350 छात्राओं के मध्य बिल्कुल उत्सव का माहौल था। पठन-पाठन कुछ शिथिल हो गया था। जो शिक्षिकाएँ राष्ट्रीय सेवा योजना के कार्य में संलग्न नहीं थीं, उनमें से कुछ ने सोचा–अच्छा हुआ, अब न लड़कियाँ कक्षा में रहेंगी और न कक्षा ही लेनी पड़ेगी। कुछ शिक्षिकाएँ प्रशासकीय कार्यों में अत्यन्त व्यस्त थीं। कुछ अन्य शिक्षिकाएँ अन्य कार्यों में व्यस्त थीं। सभी के पास अपने-अपने काम थे।

भारत सरकार के युवा एवं खेल मन्त्रालय के निर्देशानुसार कार्यक्रम समन्वयक प्रो. रमाकान्त यादव ने सभी महाविद्यालय के कार्यक्रम प्रभारी अधिकारियों की विश्वविद्यालय में एक बैठक बुलायी। बैठक में राष्ट्रीय सेवा योजना के वर्तमान सत्र के कार्यक्रमों की विस्तृत जानकारी दी। पर्यावरण पर आधारित कार्यक्रमों को आयोजित करने का निर्देश दिया गया। वीरांगना झलकारी बाई डिग्री कॉलेज की कार्यक्रम प्रभारी भी उस बैठक में उपस्थित थीं। डॉ. कृष्णा भट्टाचार्या ने कॉलेज में आकर बताया कि इस वर्ष विशेष शिविर में पर्यावरण पर आधारित कार्यक्रम आयोजित किया जाना है। कैसे किया जाय? सभी कार्यक्रम अधिकारी बैठकर रणनीति बनाने लगे कि कार्यक्रम को कैसे आयोजित किया जाय कि समाज तक हमारा संदेश पहुँचे।

डॉ. दीपशिखा पाण्डेय ने कहा कि पर्यावरण पर विशिष्ट व्याख्यान आयोजित कर लिया जाये और वन विभाग के अधिकारियों, पर्यावरण विशेषज्ञों को बुलाकर व्याख्यान कराया जाये तो छात्राओं में पर्यावरण संरक्षण की चेतना बढ़ेगी। छात्राएँ अपने घर, मुहल्लों में नेतृत्व करेंगी। डॉ. किरण बाला मिश्रा ने सुझाव दिया कि पर्यावरण संरक्षण पर निबंध प्रतियोगिता आयोजित कर ली जाये। डॉ. कृष्णा भट्टाचार्या का विचार था कि पोस्टर एवं नारा लेखन प्रतियोगिता आयोजित कर ली जाये। डॉ. आमोदिनी मुखर्जी का सुझाव था कि पर्यावरण संरक्षण पर आधारित समूहगीत प्रतियोगिता आयोजित करवा ली जाये। डॉ. शबाना बेगम ने सुझाव दिया कि नदियों के जल को विभिन्न जगहों से एकत्र करके और उनका परीक्षण करके छात्राओं को बताया जाय कि हमारा जल कहाँ पर कितना प्रदूषित है और उसको बचाने के लिए क्या-क्या उपाय किये जाने चाहिए? डॉ. हेमवती अग्निहोत्री का सुझाव था कि सभी छात्राओं को कह दिया जाये कि सभी छात्राएँ एक-एक पेड़ अवश्य लगायें। यह पेड़ वे घर, विद्यालय, सड़क के किनारे, किसी अस्पताल या कोई भी उपयुक्त जगह जहाँ वे समझें, वहाँ पर पेड़ लगाकर बतायें और उसको जीवित रखने की ज़िम्मेदारी भी निभायें, पर्यावरण संरक्षण अपने आप हो जायेगा।

डॉ. नमिता अग्रवाल का सुझाव था कि पर्यावरण पर आधारित लोकनृत्य एवं नाटक प्रतियोगिता आयोजित कर ली जाये।

सभी के सुझावों को स्वीकार करते हुए समस्त कार्यक्रम अधिकारियों ने कार्यक्रमों की रूपरेखा बना डाली। प्रत्येक दिन एक-एक कार्यक्रम होने लगा। छात्राओं में सबसे अधिक उत्साह नाटक प्रतियोगिता के दिन देखने को मिल रहा था।

यूनिट–1 की छात्राओं ने शहाना परवीन के नेतृत्व में यह नाटक प्रस्तुत किया कि जब गंगा हिमालय से निकलती है तो कितनी स्वच्छ एवं निर्मल होती हैं। जीवनदायिनी, पापनाशनी अमृतप्रदायिनी गंगा का स्वरूप अभिव्यक्त करने के लिए छात्रा रश्मि मालवीय सफ़ेद दुपट्टा ओढ़कर फर्श पर लेट गयी। पन्त की पंक्तियाँ साकार होने लगीं।–"सैकत शय्या पर दुग्ध धवल, तन्वंगी गंगा,

ग्रीष्म विरल, लेटी है श्रान्त, क्लान्त निश्चल!" अन्य छात्राओं ने खड़े होकर गंगा के दो किनारे बना दिये। यूनिट–2 की छात्राओं ने हेमा सिंह के नेतृत्व में नाट्य प्रस्तुति दी कि गंगा धीरे-धीरे विभिन्न शहरों से गुज़रती हुई कैसे मैली हो जाती हैं। उनके जल का अमृत तत्व कैसे विनष्ट होता जाता है। मटमैला दुपट्टा ओढ़कर तीन लड़कियाँ विभिन्न कोनों से लेट गयीं और दिखाया कि विभिन्न नालियों की गंदगी गंगा में विसर्जित होने से कैसे गंगा निरन्तर मैली होती जाती हैं। यूनिट–3 की छात्राओं ने सौम्या श्रीवास्तव के नेतृत्व में प्रस्तुत किया कि नदियों में कूड़ा, कचरा, पालिथीन बैग फेंकने से नदियाँ उथली होती जा रही हैं। जल की शुद्धता कम होती जा रही हैं। जल पीने के लायक क्या, नहाने के लायक भी नहीं रह जा रहा है। अभिनय द्वारा कूड़े-कचरें फेंककर सजीवता ला दी। यूनिट–4 की छात्राओं ने प्रतिमा पाण्डेय के नेतृत्व में नाटक प्रस्तुत किया कि दशहरा, दुर्गापूजा के अवसर पर देश भर में विपुल मात्रा में प्रतिमा विसर्जन, पूजन सामग्री, के विसर्जन से नदियाँ गंदी हो रही है। नदियाँ पूरी तरह प्रदूषण की चपेट में हैं। इनको रोका जाय और इन अपशिष्ट पदार्थों से खाद तैयार किया जाय और इससे धरती की उर्वरा शक्ति को बढ़ाया जाये।

इस तरह के कार्यों को बढ़ावा देने से दोहरा लाभ होगा। यूनिट–5 की छात्राओं ने श्वेता दास के नेतृत्व में नाटक किया कि उद्योग धन्धों, कल-कारखानों से निकलने वाले कचरों को नदी में न प्रवाहित किया जाय बल्कि इसको रोककर अन्य रूप में परिवर्तित किया जाय। यूनिट–6 की छात्राओं ने शीतल वर्मा के नेतृत्व में नाटक किया कि सीवर लाइनों की गन्दगी को नदी में न गिरने दिया जाये। इसके अपशिष्ट पदार्थों को रोककर खाद बनायी जाये ताकि धरती की उर्वरा शक्ति को बढ़ाने में इनका उपयोग हो सके। इसको लागू करने के लिए कठोर क़दम उठाये जायें। इनका पालन न करने वाले व्यक्तियों, संस्थाओं को दण्डित भी किया जाये। यूनिट–7 की छात्राओं ने ज्योत्स्ना सोनकर के नेतृत्व में नाटक प्रस्तुत किया कि छात्राओं ने संगम के तट पर चलकर वहाँ के कूड़ा-कचरा पालिथीन बैग की सफ़ाई में योगदान करें तभी सही मायने में हम पर्यावरण संरक्षण में अपना योगदान दे सकते हैं।

अभिनीत नाटक के निर्णय का दायित्व प्राचार्या पर सौंपा गया। पहले तो प्राचार्या ने मना कर दिया परन्तु बाद में सभी के आग्रह को स्वीकार करते

हुए सहमत हो गयीं। निर्णय का कार्य बहुत कठिन था। कौन-सी यूनिट की छात्राओं को प्रथम घोषित कर दें बहुत मुश्किल हो रहा था। प्राचार्या डॉ. कात्यायनी सिंह अत्यन्त गंभीरतापूर्वक सोचने लगीं कि सभी छात्राओं की प्रस्तुति तो सराहनीय है परन्तु छात्राओं की प्रस्तुति में कुछ-न-कुछ अन्तर तो अवश्य है। पर प्रथम, द्वितीय, तृतीय स्थान की घोषणा करके किसी छात्रा के मन के उत्साह को कम नहीं करना चाहती थीं। डॉ. किरण बाला मिश्रा सबसे अधिक जूनियर थी और सबसे अधिक उत्साह भी उन्हीं में था। वह बहुत जोर लगाती रहीं कि प्राचार्य मैडम किसी तरह से प्रथम, द्वितीय, तृतीय स्थान की घोषणा कर दें तो ज़्यादा अच्छा होगा। बाकी कार्यक्रम अधिकारी उम्र की ढलान के साथ शिथिलता की राह पर थे। उनको लग रहा था कि किसी तरह से कुछ ऐसा निर्णय हो जाये कि ज़्यादा से ज़्यादा लड़कियाँ सन्तुष्ट हो जायें ताकि लड़कियाँ रोयें-धोयें न।

छात्राओं के मन में परिणाम को लेकर अत्यन्त उत्सुकता थी। प्रस्तुत करने वाली सभी छात्राओं की भाव भंगिमा क्षण भर के लिए स्थिर हो गयी थी कि परिणाम क्या होगा? बहुत सोच-विचार के बाद प्राचार्या ने बिल्कुल नया कदम उठाते हुए घोषित किया कि सभी छात्राओं की प्रस्तुति अत्यन्त सराहनीय है। सभी नाटक एक ही श्रृंखला की विभिन्न कड़ियाँ हैं। सभी का उद्देश्य एक समान है, सभी ने नदियों को प्रदूषण से बचाने के लिए अपनी सोच को नाटक के माध्यम से प्रस्तुत किया है। पर्यावरण संरक्षण में नदियों का प्रदूषण से संरक्षण अत्यन्त आवश्यक है। सभी की प्रस्तुति अत्यन्त सशक्त है। अतः सभी नाटक रा.से.यो. के विशेष शिविर के समापन के अवसर पर प्रस्तुत किये जायें।

सभी छात्राओं एवं कार्यक्रम अधिकारियों का मन इस निर्णय से हर्षित हो गया। सभी ने अत्यन्त उत्साहपूर्वक अभ्यास करना शुरू कर दिया। समापन के अवसर पर मुख्य अतिथि रा. से. यो. के कार्यक्रम समन्वयक प्रो. रमाकान्त यादव, विशिष्ट अतिथि समाजसेवी डॉ. सुनील तिवारी एवं अध्यक्ष प्रो. पुरुषोत्तम अग्रवाल की उपस्थिति में छात्राओं ने नाटकों को प्रस्तुत किया। रिपोर्ट के बहाने छात्राओं द्वारा किये गये विविध कार्यों का वर्णन पढ़ा गया।

अत्यन्त प्रसन्नता भरे माहौल में कार्यक्रम सम्पन्न हो गया। छात्राओं के पास मधुर स्मृतियाँ थीं विशेष रूप से वे छात्राएँ जिन्हें बिल्कुल उम्मीद नहीं थी कि मंच पर कार्यक्रम प्रस्तुत करने का मौका मिलेगा। पर्यावरण संरक्षण के प्रति अपने दायित्व को लेकर सभी सचेत थीं। किये गये नाटकों के माध्यम से समझा रहीं थीं कि नदियों को प्रदूषण से बचाने के लिए हम कितना महत्त्वपूर्ण हैं। पर्यावरण संरक्षण के प्रति हमें अपने दायित्व के निर्वाह की आवश्यकता है। इस संकल्प के साथ सभी छात्राओं ने शिविर से विदाई ली कि हम अपने जीवन में पर्यावरण संरक्षण के प्रति अपने दायित्वों का सदा निर्वहन करेंगे। प्रमाणपत्र एवं पुरस्कार पाकर छात्राओं का मन गद्‌गद था। विशिष्ट विद्वानों के कर कमलों से पुरस्कार पाकर भावविभोर थीं। स्वर्णिम भविष्य के स्वप्न आँखों में तैर रहे थे।

# अस्तित्व

रात के दो बज रहे थे। रामदीन रात से ही उठ जाते थे। क्योंकि बैलों को चारा खिलाना होता था। बैलों को चारा खिलाने में दो घण्टे लग जाते थे तब जाकर सुबह चार बजे जुआठे में बैलों को नाँधकर खेत जोतने के लिए खेत में पहुँच पाते थे। उनके पास दो जोड़ी बैल थे। दो हल चलता था। जब बैलों को चारा खिला लेते और उनका पेट भर जाता तब अपने छोटे भाई राम समुझ को जगाते थे। फिर दोनों भाई खेत जोतने चले जाते थे। सुबह धूप होने तक जोतते रहते। इस तरह से कठिन परिश्रम करके खेती का कार्य सम्पन्न करते थे। उनके दो और छोटे भाई थे-राम दुलारे और राम उजागिर। रामदीन यह कभी नहीं चाहते थे कि उनके दोनो छोटे भाई खेती में कार्य करें। इसलिए उनकी पढ़ाई पर अपने बेटों की तरह ध्यान देते थे। रामदीन के पिता जी जन्मजात सूर थे। जिससे वे खेती-बारी का काम स्वयं नहीं कर पाते थे पर खेती लम्बी थी। बीस बिस्वा वाला लगभग पचास बीघा खेत था। वह अपने माता-पिता की अकेली सन्तान थे। बाकी उनकी दो बहनें थी उमा और रमा। जब तक उमा और रमा की शादी नहीं हुई थी तब तक वे लोग खेत में काम करती थीं। एक हल चलाने वाला हरवाहा मंगरू रहता था। उसी के सहारे खेती में इतना पैदा हो जाता था कि सामान्य जीवन जीने में कोई विशेष कठिनाई नहीं होती थी। लेकिन जब दोनों बहनों की शादी हो गयी तो बड़े भाई रामदीन को जल्दी खेती का काम सँभालना पड़ा। जिसके कारण उनकी पढ़ाई न हो सकी। यही कारण था कि रामदीन से छोटे भाई राम समुझ को भी खेती में ही लगना पड़ा। रामदीन जब भी अकबरपुर जाते, वहाँ लोगों की बातें सुनते कि उनके बच्चे इलाहाबाद यूनिवर्सिटी में पढ़ते हैं। उनके भी मन में लालसा जगती कि मैं भी अपने भाइयों को ज़रूर पढ़ाऊँगा। जितना पढ़ पायेंगे, उतना पढ़ाऊँगा। अकबरपुर से इंटर

करने के बाद दोनों छोटे भाइयों राम दुलारे और राम उजागिर को इलाहाबाद विश्वविद्यालय में पढ़ने के लिए भेज दिया। खेती से कमाकर उनको खर्चा देते थे। तब समय था 1950 का। उस समय छोटे भाई को पढ़ाना बड़े भाई का परम धर्म था। रामदीन के मन में भी यही विश्वास था। राम दुलारे ने बी.कॉम. में प्रवेश लिया और राम उजागिर ने बी.ए. में दाख़िला लिया।

दोनों भाइयों की पढ़ाई सुचारू रूप से चलने लगी। राम दुलारे को बी. काम पूरा करने के बाद जल्दी ही कृषि विभाग में एकाउन्टेंट की नौकरी मिल गयी। राम उजागिर को तहसील में तहसीलदार की नौकरी मिल गयी।

चारों भाइयों में परस्पर बहुत प्रेम और आदर का सम्बन्ध था। सभी एक-दूसरे को बहुत मानते थे। सभी की शादी हो गयी थी। सभी के बाल बच्चे थे। एक बड़ा पूरा संयुक्त परिवार था।

पर उस परिवार में एक बहुत बड़ी कमी थी कि लड़कियों की पढ़ाई पर बिल्कुल ध्यान नहीं दिया जाता था। अकबरपुर तहसील से सिर्फ़ दो किलोमीटर की दूरी पर उनका गाँव रामपुर था। वहाँ से लड़कों को पढ़ने की छूट थी, पर लड़कियों की कक्षा आठ के बाद पढ़ाई बलपूर्वक बन्द करा दी जाती थी। रामदीन और राम समुझ के दो-दो लड़कियाँ और दो-दो लड़के थे। रामदीन की बड़ी लड़की प्रेमा की शादी बहुत धनाढ्य परिवार में हुई थी। वह अपने घर में अपने परिवार बच्चों के साथ बहुत सुखी थी। जब शीला की शादी हुई थी तब उनके पति पढ़ ही रहे थे। बाद में वे बिजली विभाग में जूनियर इंजीनियर बन गये थे।

शीला के पति राजेश की अच्छी कमाई थी इसलिए शीला भी अपने परिवार में बहुत ख़ुश थी। रामसमुझ की बड़ी बेटी प्रभावती पढ़ने में बहुत तेज थी। वह कक्षा 8 से आगे भी पढ़ना चाहती थी परन्तु संयुक्त परिवार के नियम के मुताबिक आगे की शिक्षा पर प्रतिबन्ध के कारण वह आगे न पढ़ सकी। पढ़ने को लेकर उसके मन में बहुत मलाल रहता था कि हमको पढ़ने नहीं दिया गया। यह छटपटाहट उन्हें हमेशा बेचैन किये रहती थी। उनकी भी शादी धन-सम्पन्न बड़े खेतिहर परिवार में हुई थी। उन्हें जीवन यापन में कोई कठिनाई नहीं थी, परन्तु पढ़ने का शौक़ पूरा न हुआ था। उनके दो बेटे थे प्रशान्त और शुभ्रान्त। प्रभावती के पढ़ने और पढ़ाने का शौक़ तब पूरा हुआ जब कानपुर

आई.आई.टी. से उसके दोनों बेटों ने बी.टेक. की डिग्री प्राप्त की और I.A.S. की नौकरी में चले गये। राम समुझ की छोटी बेटी शोभावती पढ़ाई को लेकर बहुत सचेत नहीं थी। धन सम्पन्न किसान परिवार में उनकी भी शादी हुई थी। वह अपने परिवार में ख़ुश थी। रामदीन का बड़ा बेटा उमापति का भी पढ़ाई में मन नहीं लगता था इसलिए पिता के साथ वह भी खेती करने लगे थे। उनके पास खेती लम्बी थीं। बैलों से खेत जोतने में बहुत कठिनाई होती थी। इसलिए 1970 तक उन्होंने एस्कॉर्ट 335 ट्रैक्टर ले लिया और बैलों को बेच दिया। अब उनकी जीवन शैली में बदलाव होने लगा। दूध खाने के लिए अब केवल भैंसें और गायें ही रखते थे। जानवरों को चारा खिलाने का भार भी कम हो गया था लेकिन परिवार बढ़ता ही जा रहा था। उसी के हिसाब से आमदनी भी बढ़ने लगी। उमापति ने खेतों में बोये जाने वाले खाद भण्डार का व्यवसाय भी अकबरपुर में कर लिया था। उमापति अपने छोटे भाई पशुपति को पढ़ा रहे थे। उसे भी आगे सरकारी विभाग में क्लर्क की नौकरी मिल गयी। राम समुझ के दोनों बेटे पढ़ रहे थे लेकिन उनका भी बड़ा बेटा प्रमोद आगे पढ़ाई न कर सका और अकबरपुर में ही ट्रैक्टर्स पार्ट की दुकान खोल ली। दुकान अच्छी चलने लगी। राम समुझ का छोटा बेटा विनोद पढ़ने में होशियार था। वह लखनऊ विश्वविद्यालय में पढ़ने चला गया। बाद में उसे प्राइमरी में शिक्षक की नौकरी मिल गयी। इस तरह दोनों भाइयों के बच्चे आपस में प्रेमभाव रखते हुए हर तीज-त्योहार पर घर ज़रूर आते थे। होली-दीपावली पर घर ख़ुशियों से भर जाता। घर में भी तरह-तरह का पकवान बनता और नौकरी करने वाले सभी लड़के भी अच्छी-अच्छी मिठाई-फल लेकर ज़रूर आते। एक दूसरे के लिए उपहार लाना भी न भूलते। बहनों को साड़ी और कपड़ा ज़रूर लाते।

राम दुलारे को केवल दो ही बच्चे थे। बेटा ओम प्रकाश और बेटी राज लक्ष्मी। ओम प्रकाश शुरू से ही ज़िम्मेदार था, घर में भी और बाहर भी। पिता के नक्शेकदम पर चलते हुए परिवार के सभी सदस्यों का शुरू से ही सहयोग करता था। जीवन में समय से सफलता मिल गयी और उसे पी.सी. एस. में नौकरी मिल गयी। राम दुलारे की बेटी राजलक्ष्मी का पढ़ने में मन कम लगता था, परन्तु उन्हें गाँव से बाहर लखनऊ में रहने के कारण पढ़ने की सुविधा मिली हुई थी। गिरते-पड़ते, पढ़ते-लिखते वह भी लखनऊ के इंटर

कॉलेज में प्रवक्ता नियुक्त हो गयी। भाई ओम प्रकाश की शादी एक सम्पन्न घर की लड़की विद्यावती से हुई। उनके पिता जी भी नौकरी करते थे। वे एक शिक्षक थे लेकिन बेटी विद्यावती की पढ़ाई पर उन्होंने भी ध्यान नहीं दिया। शादी करके अपनी ज़िम्मेदारी का निर्वहन कर दिया। राम उजागिर निःसन्तान थे। इसलिए उनकी पत्नी श्यामलली अपने भतीजे शेखर को अपने साथ रखती थीं। घर-परिवार में उनके कारण कोई तनाव नहीं था। तीसरी पीढ़ी में ओम प्रकाश के दो बच्चे थे। बड़ी बेटी गुड्डी और बेटा प्रभास। बेटी गुड्डी का बहुत ही दुलार प्यार था। वह पढ़ने में भी बहुत तेज़ थी। ओम प्रकाश बेटी को पढ़ाने के भी बहुत शौक़ीन थे। उनका विचार था कि बेटी और बेटे में कोई भेद नहीं करूँगा। दोनों जितना पढ़ सकते है, उतना पढ़ाऊँगा। बहुत ही खुले विचारों के थे ओम प्रकाश जी। उनकी विचारधारा रंग भी लायी। लखनऊ के सबसे महँगे स्कूल में बेटी किरण (गुड्डी) और बेटा प्रभास को पढ़ाया। बेटी का सपना डॉक्टर बनने का था और बेटा प्रभास इंजीनियर बनना चाहता था। उत्तर प्रदेश में वर्ष 2007-2008 में डॉक्टर बनना आसान नहीं था। सी.पी. एम.टी. की सीटें बहुत कम थीं। डॉक्टरी में दाख़िला पाना बहुत मुश्किल काम था। उसकी तुलना में इंजीनियर बनना उस दौर में ज़्यादा आसान था। बेटी पहले तो इंजीनियर बनना चाहती थी। उसकी मैथ भी बहुत अच्छी थी लेकिन जब उसे लड़की की ज़िन्दगी के विषय में समझाया गया कि एक लड़की के लिए इंजीनियर की तुलना में डॉक्टर बनकर जीवन जीना ज़्यादा आसान और सम्मानजनक है तो वह इस बात से सहमत हो गयी। उसने अपनी मैथ वाली सहेलियों का साथ छोड़कर बायो वर्ग में एडमिशन करा लिया और मेहनत से तैयारी शुरू कर दी। जितना आसान लग रहा था कि आसानी से पढ़ने में तेज बच्चे बन जाते है। उतनी आसानी से कुछ नहीं हो जा पा रहा था। लखनऊ में एक साल कोचिंग और तैयारी करने के बाद भी जब सी.पी.एम.टी. में चयन नहीं हुआ तो कोटा भेजकर तैयारी करवाने की बात आयी। ओम प्रकाश जी ने अति उत्साह में बेटी किरण को कोटा भेज दिया।

स्वयं उसका कोचिंग में एडमिशन कराने गये। भेजने जाते फिर लेने भी जाते। परन्तु बीच में उसकी तबीयत ख़राब हो गयी और बीच में ही कोचिंग छोड़कर उसे आना पड़ा। जब स्वास्थ्य ठीक हुआ तो उसने फिर से तैयारी

शुरू कर दी। अन्त में तीसरे वर्ष की तैयारी के बाद उसका प्रवेश किंग जार्ज मेडिकल कॉलेज में एम.बी.बी.एस. में हो गया। अब परिवार में सभी का मन गद्‌गद्‌ हो गया। सभी की ख़ुशी का ठिकाना नहीं था। बाबा राम दुलारे फूले न समाते थे। दादी शारदा देवी अपनी पोती का गुणगान किया करती थी। बेटे प्रभास का भी बी.टेक. में चयन हो गया था। उसको भी सरकारी इंजीनियरिंग कॉलेज में प्रवेश मिल गया था।

अब सभी को इन्तज़ार था कि बेटी की शादी एक डॉक्टर लड़के से कर दिया जाय। इतना बड़ा संयुक्त परिवार अम्बेडकरनगर ज़िले में कोई नहीं था। परिवार में पहली लड़की थी जो डॉक्टर बनी थी। अब वह चौथे वर्ष में पढ़ाई कर रही थी। उस पर सब तरफ़ से शादी का दबाव बन रहा था।

जगह-जगह से प्रस्ताव आ रहे थे। पिता ओम प्रकाश निश्चय नहीं कर पा रहे थे कि बेटी किरन की शादी कहाँ पर तय करें। परिवार में चली आ रही परम्परा के अनुसार ओम प्रकाश समझ रहे थे कि बेटी की शादी करना एक पिता का धर्म है और अधिकार भी। पर बेटी अभी शादी के लिए हाँ नहीं कर रही थी। वह हमेशा पढ़ाई पूरी करने की दुहाई देती। पहले पढ़ाई तो पूरी हो जाने दीजिए। जब एम.बी.बी.एस. की पढ़ाई पूरी हो गयी तब फिर उसने कहा कि अब हमें पी. जी. करना है। हमें मेडिसिन में पी. जी. कर लेने दीजिए नहीं तो पढ़ाई डिस्टर्ब हो जायेगी। अब पी. जी. में प्रवेश मिलना आसान नहीं था। फिर तीन वर्ष पी.जी. की तैयारी में लग गये। तब जाकर पी.जी. मेडिसिन में मौलाना आजाद मेडिकल कॉलेज नई दिल्ली में प्रवेश मिल पाया। बेटी किरण पी.जी. करने लगी। अब उस पर फिर दबाव बनने लगा कि अब तो शादी के लिए हाँ बोलना ही पड़ेगा। जिस तरह से वह शादी के लिए टालती जाती थी, तंग आकर पिता ओम प्रकाश ने यही कहा—अगर तुम्हारी पसन्द का कोई लड़का हो तो तुम वही बताओं। मैं वहीं पर ही तुम्हारा विवाह कर दूँगा। आख़िर मुझे रिटायर भी होना है। अब रिटायर होने में केवल दो साल बचे हैं। अब हम और इन्तज़ार नहीं कर सकते। ओम प्रकाश को यह नहीं पता था कि बेटी को पढ़ाने का, डॉक्टर बनाने का क्या अंजाम भुगतना पड़ेगा? क्या वह कभी हमारे सम्मुख खड़ी होकर जवाब दे सकेगी? किरन जवाब भी नहीं देती है और शादी के लिए हाँ भी नहीं करती है। ओम प्रकाश जी बेटी से तंग हो

जाते है। दुखी हो जाते है। उसको ख़ुद बहुत समझाते है कि बेटी शादी करना क्यों बहुत ज़रूरी है?

आख़िर एक दिन हम और तुम्हारी मम्मी नहीं रहेंगी तो तुमको कौन देखेगा? दुनिया की रीति है कि सभी भाई-बहन अपने-अपने में व्यस्त हो जायेंगे, फिर तुम किसके सहारे ज़िन्दगी बिताओगी। भाई प्रभास भी तुम्हारा साथ नहीं देगा। उसका भी अपना परिवार हो जायेगा। बस केवल तुम्हीं अकेली रह जाओगी। तुम्हारे बुढ़ापे में तुम्हारा सहारा कौन बनेगा? किरण पिता ओम प्रकाश को कोई जवाब नहीं दे पाती लेकिन उसे पिता की बात बिल्कुल भी समझ में नहीं आती है। किरन ने गाँव से लेकर अब तक घर की महिलाओं का जीवन बहुत बारीकी से देखा है। उससे वह उबर नहीं पा रही है। जिस परिवार में सभी महिलाएँ बहुत ख़ुश दिखाई जा रही है, बतायी जा रही है, उन सभी का दर्द क्या है? उनकी तकलीफ क्या है? वह ख़ूब समझती है। ठीक है घर की सभी बहनें, बुआ, चाचियाँ, भाभियाँ घर चलाने की धुरी हैं। लेकिन उन सभी का अस्तित्व क्या है? घर में सभी के ऊपर केवल आदेश थोपें जाते हैं। उनके लिए जो निर्णय दिये जाते हैं सभी को मानना मजबूरी होती है। उनके पास उस बात को न मानने का कोई विकल्प नहीं होता है। किरन सबसे ज़्यादा अपने माँ विद्यावती के प्रति होने वाले अन्यायपूर्ण बर्ताव से दुखी थी। वह गाँव से लेकर लखनऊ तक जहाँ पर जो ज़िम्मेदारी दी जाती थी उसको सँभालती थीं। हमेशा उनकी भूमिका एक आज्ञापालक की थी। किरन किसी के आदेशानुसार अपनी ज़िन्दगी नहीं जीना चाहती थी। अपने जीवन के निर्णय का अधिकार वह ख़ुद चाहती थी। वह अपने मन ही मन सोचती थी कि कैसे बताऊँ पिता जी को कि, पिता जी बेटी का कहीं कोई अस्तित्त्व तो होता नहीं है। अभी पढ़ते-पढ़ते जीवन के तीस वर्ष व्यतीत हो गये है। यहाँ इस घर में अब मेरा कोई हक नहीं है। बस केवल शादी कर देना ज़रूरी है।

लेकिन मैं क्यों शादी करूँ? मैं क्यों किसी के घर में उसके सभी आदेश मानने के लिए जाऊँ। अगर आदेश नहीं मानूगीं तो तुरन्त शिकायतें आना शुरू हो जायेंगी। दोनों परिवारों में तनाव बढ़ेगा। बात तलाक तक आ जायेगी। क्योंकि मैं मम्मी की तरह अन्याय नहीं बर्दाश्त कर पाऊँगी।

किरन के दिमाग़ पर टी.वी. में प्रसारित होने वाले धारावाहिकों का जबरदस्त प्रभाव था कि जिसमें सास, ननद, की भूमिका हमेशा बहू को सताने वाले के रूप में दिखाई जाती है। घर में भी महिलाओं के साथ होने वाले अन्याय और शोषण का रूप देखा और संचार माध्यमों में भी यही रूप दिखाया जाता है। तो फिर अपने को सताने का माध्यम क्यों मैं ख़ुद बनूँ? मैं क्यों नहीं यह निर्णय ले सकती कि मैं शादी नहीं करूँगी। आजीवन अविवाहित रहकर अपनी स्वतन्त्रता के साथ अपने स्वायत्त अस्तित्व और व्यक्तित्व के साथ अपना जीवन जिऊँगी। अपने ऊपर क्यों किसी का निर्णय थोपने दूँ। मुझे बहुत धन सम्पन्न परिवार नहीं चाहिए। मुझे अपना जीवन जीने की आजादी चाहिए। अगर मैं जिस घर में जन्म ली हूँ, वहाँ जीवन जीने की आजादी नहीं मिल सकती। तब दूसरे घर में अपनी ससुराल में मैं कैसे उम्मीद करूँ कि मुझे अपने अनुसार जीवन जीने देंगे। अब मैं शिक्षित हूँ। एक डॉक्टर हूँ। पिता जी आपने पढ़ा-लिखाकर अपना दायित्व निभा दिया है। मैं कमाकर अपना भी जीवन चला सकती हूँ और भाई के भी जीवन का सहारा बन सकती हूँ और मैं बनूँगी भी। इसलिए पापा प्लीज! मुझे अविवाहित रहकर स्वतन्त्र जीवन जीने की आजादी दे दीजिए। अपनी यह विनम्र प्रार्थना और दृढ़ निश्चय माता विद्यावती के माध्यम से पिता ओम प्रकाश तक पहुँचाती है और शादी न करने के अपने निर्णय पर अटल रहती है। किरन को लगता है कि आजादी के साथ जीवन जीने में ज़्यादा सुखी रहूँगी। समाज में एक प्रतिष्ठत डॉक्टर के रूप में जीवन बिताऊँगी। समाज में स्त्रियों पर थोपे जाने वाले अन्याय, शोषण का शिकार बनने से बच जाऊँगी। अब जो जीवन मिला है, उसका आधार शिक्षा है।

अगर मैं डॉक्टर नहीं बन पाती तो क्या कोई मुझसे पूछता या मेरी बात सुनता या मानता। अब जब मैं शिक्षित, आत्मनिर्भर, हो गयी हूँ तो अपने जीवन का निर्णय भी स्वयं लूँगी। मैं अपने स्वतन्त्र अस्तित्व और व्यक्तित्व के साथ आजादी के साथ अपना जीवन जीऊँ। पैतृक सम्पत्ति में यहाँ भी मेरा कोई हक, अधिकार नहीं और ससुराल में भी नहीं मिलेगा। जब सारा जीवन बीत जाता है तब पति के न रहने की स्थिति में पुत्रों के बराबर पत्नी को ससुराल में सम्पत्ति का अधिकार मिलता है। अभी तक मुझे यही जानकारी है। तरह-तरह

की शर्तों के साथ संशोधन करके महिलाओं को लालीपाप थमा दिया जाता है कि अब तो सम्पत्ति में महिलाओं का भी अधिकार है। पर वह अधिकार अभी तक कहाँ और कितनी महिलाओं को मिल पाया है? जब तक महिला का जीवन रहता है तब तक तो उसको यह अधिकार मिलता नहीं है। जब शरीर से अशक्त हो जाती है, अक्षम हो जाती है, जीवन के अन्तिम पड़ाव पर मिलने पर उसके अस्तित्व में कितना सहायक होता है। अगर महिलाओं को सम्पत्ति में अधिकार देना है तो पैतृक सम्पत्ति में जन्मजात अधिकार मिलना चाहिए। कानून में इस तरह का सुधार और संशोधन होना चाहिए। जब समाज बदल रहा है, परिस्थितियों में परिवर्तन हो रहा है तो सम्पत्ति के मामले में यह मुद्दा क्यों नहीं उठता। जिस दिन इस पुरूष प्रधान समाज में महिलाओं को भी पुरुषों के समान जन्म लेते ही बराबर की भागीदारी मिलने लगेगी, तब प्रत्येक शिक्षित और अशिक्षित महिला का अस्तित्व सभी को स्वीकार करना पड़ेगा। जैसा कि पुरुषों के मामले में होता है। तब महिलाओं पर निर्णय थोपा नहीं जा सकेगा। महिलाएँ निर्णय को मानने के लिए भी बाध्य नहीं होंगी। तब यह समाज पुरुष प्रधान समाज नहीं कहलायेगा बल्कि समतामूलक समाज बन जायेगा। ऐसे समाज में स्त्री-पुरुष सभी का समान अस्तित्व होगा। लेकिन वह दिन कब आयेगा? दूर-दूर तक आशा की किरण दिखाई नहीं देती है। क्या यह पुरुष प्रधान समाज स्त्री को बराबर का अधिकार देगा?

# उत्सर्ग

सूर्य ढल रहा था। शाम हो रही थी। परिन्दे अपने नीड़ की तरफ़ वापस लौट रहे थे। दालान में बैठी सावित्री खुले आसमान की ओर निहार रही थी और बायें गाल पर हाथ रखे कोहनी से टेक लगाये उकड़ूँ बैठी हुई सोच रही थी कि मेरे जीवन का सूर्यास्त कब का हो चुका है, फिर भी मैं जिये जा रही हूँ। ज़िन्दगी थमने का नाम ही नहीं ले रही है। मैंने कभी भी सोचा ही नहीं था कि मैं कभी भी इस तरह जीवन का पहाड़ काट सकूँगी। पहले कभी यदि भूल से भी ऐसी कल्पना भी मन में आती थी तो मैं सिहर उठती थी। हृदय काँप जाता था। मन तुरन्त न न न कहने लगता था। अपशकुन सोचना भी पाप है। जो सोचो वही हो जाता है। बड़े बूढ़े यह सीख हमेशा दिया करते थे। वे सब बातें आज मन में गूँजती हैं। जाने कब-कब ये बातें कानों में पड़ी थीं लेकिन तब मन ने इन बातों का अर्थ न समझा था। इन बातों से मन का सम्बन्ध न स्थापित हो सका था। पर आज वे बातें जीवन का सच बन गयी हैं और मैं जी रही हूँ। अब जीवन जीने का क्या मकसद रह गया हैं अपने आप से यह मन हज़ार सवाल प्रतिदिन करता है। सब सवाल सदा अनुत्तरित ही रह जाते हैं। किसके लिए जी रही हूँ? क्या इन दोनों बच्चों के लिए? इन्हीं में ही अपने जीवन को ढूँढ़ने लगी हूँ? समझ नहीं पाती।

सावित्री को याद आता है वह मधुर क्षण, शुभ घड़ी जब 21 मई 1985 ई. को वह विवाह के परिणय सूत्र में बँधी थी। जीवन की डोर एक जवान ने थाम्ही थी। नाम था श्री सत्यवान। उनके पिता का नाम था-श्री राम प्रसाद। वे टाण्डा तहसील के बसावनपुर गाँव के रहने वाले थे। यह गाँव तब फैजाबाद ज़िले में पड़ता था अब अम्बेडकर नगर ज़िले में पड़ता है। पिता श्री राम प्रसाद एक साधारण किसान थे। लगभग 10 बीघा उपजाऊ ज़मीन उनके पास थी।

उनके एक पुत्र और एक पुत्री थी। पुत्री बड़ी थी नाम था दीपा। वह खेती के कार्यों में माता-पिता का हाथ बँटाती थी। माँ पार्वती देवी साधारण महिला थीं परन्तु अपने बच्चों को पढ़ने लिखने का बहुत ध्यान रखती थीं। शाम होते ही काम खतम होने पर सभी बच्चों को पढ़ने-लिखने के लिए कहती थीं। ढिबरी, लालटेन, जला कर रख देती थीं। ज़्यादा से ज़्यादा काम स्वयं करने की फिराक में रहती थीं। सभी घरेलू कार्यों के साथ-साथ सत्यवान पढ़ने में भी अव्वल था। गाँव के सभी बच्चों में सबसे तेज़। बड़ा होकर स्कूल जाने लगा किन्तु कक्षा पाँच तक की प्राइमरी शिक्षा अनियमित रही। कक्षा छह से नियमित विद्यार्थी हो गया। फिर पीछे मुड़कर उसे कभी नहीं देखना पड़ा। कक्षा बारह तक विज्ञान वर्ग के साथ सदैव प्रथम श्रेणी एवं प्रथम स्थान के साथ उत्तीर्ण होता रहा। उसकी मेधा को देखकर उसके पिता के मन में भी स्वप्न जगने लगा। मेरा बेटा ज़रूर पढ़लिखकर अफ़सर बनेगा। साहब बनेगा। सरकारी नौकरी करेगा। दूर से उसके घर भी चिट्ठी आयेगी। डाकिया उनके बेटे की चिट्ठी लायेगा भी और पढ़कर सुनायेगा भी। उस समय गाँव में कुल चार या पाँच ही लोग ऐसे थे जो चिट्ठी पढ़ सकते थे और उनमें से दो लोगों से ही वह अपने बेटे की चिट्ठी पढ़वा सकते थे। वह दिन भी उनकी ज़िन्दगी में आया और सत्यवान पढ़-लिखकर इंटर के बाद सीधे फौज का जवान बन गया। उसका चयन थल सेना में जवान के रूप में हो गया। सत्यवान के पिता फूले न समाते थे। उनका सीना गर्व से चौड़ा हो गया। बड़े गर्व से गाँव के लोगों एवं रिश्तेदारों को बताया करते थे कि मात्र 18 साल में मेरा बेटा नौकरी में चला गया है। भारत सरकार की नौकरी में गया है। देश की सेवा में गया है। भला इससे पुनीत कर्तव्य और देश के लिए क्या हो सकता है। मेरा बेटा देश की रक्षा कर मेरा और भारत माँ का नाम रोशन करेगा। राष्ट्रभक्ति से ओत-प्रोत विचारों में सत्यवान के पिता जीने लगे। यह उनके जीवन का सबसे सुखद क्षण था। भारत के पूर्व प्रधानमंत्री लाल बहादुर शास्त्री की पंक्तियाँ उन्हें याद आ रही थीं–"जय जवान, जय किसान।" स्वयं स्वतंन्त्र किसान थे और बेटा सेना का जवान। जब उन्होंने भारत सरकार के इस शर्त पर अंगूठा लगाया था कि उनके बेटे के जीवन के बदले में चन्द धनराशि दी जायेगी। वह धनराशि उस समय निर्धारित थी-मात्र सात लाख रुपये।

सत्यवान पूरी निष्ठा से देश की सेवा में रत रहा। वहाँ भी उसने उत्कृष्ट चारित्रिक व्यक्तित्व का लोहा मनवाया। उसके सभी साथी उसकी दृढ़ता, त्याग, साहस, शूरवीरता का वर्णन करते न थकते थे। 29 अगस्त 1990 ई. को सावित्री ने पुत्र रत्न को जन्म दिया। नाम रखा गया गौरव। जब गौरव कुछ बड़ा हो गया तो 02 जुलाई 1992 को दूसरा पुत्र पैदा हुआ। उसका नाम रखा गया सौरभ। दोनों बच्चों की किलकारियों से घर गूंजने लगा। चारों तरफ़ आनन्द ही आनन्द छा गया। सावित्री भी अपने को बहुत गौरवान्वित महसूस करती थी। गौरव और सौरभ भी होनहार थे।

कारगिल का युद्ध 4 मई 1999 को प्रारम्भ हुआ। पाकिस्तानी सैनिक द्राक्ष और बटाला की पहाड़ियों पर चढ़ आये। एक तरफ़ भारत के प्रधानमंत्री अटल बिहारी वाजपेयी पाकिस्तान के साथ दोस्ती का हाथ बढ़ा रहे थे, नवाज शरीफ दोस्ती की राह पर आगे बढ़ रहे थे दूसरी तरफ़ पाकिस्तानी सेना प्रमुख जनरल परवेज मुशर्रफ की अगुवाई में पाकिस्तानी सेना ने भारत में घुसपैठ प्रारंभ कर दी। भारतीय सैनिकों को पकड़कर पाकिस्तानी सैनिक दुर्व्यहार करने लगे। भारतीय सैनिकों का हाथ, पैर, नाक, कान, जीभ काटकर अंग से अलग कर तड़पा-तड़पा कर मारने लगे। भारतीय सैनिकों में भी क्षोभ की ज्वाला जलने लगी। इस अमानवीय कृत्य को सहन नहीं कर पा रहे थे। परिणामत: भारतीय सैनिक भी बदला लेने लगे और पाकिस्तानी सैनिकों को पीछे खदेड़ने लगे। भारत के अनेक जवान शहीद हो गये। सत्यवान भी अन्तिम साँस तक बड़ी वीरता के साथ लड़ता रहा और दुश्मनों के छक्के छुड़ाये। लड़ते-लड़ते अन्ततः भारत माँ के वीर सपूतों की भाँति भारत माँ की सेवा में अपने प्राणों को न्यौछावर कर दिया। उनका अन्तिम संस्कार उनके गाँव में बड़े सम्मान के साथ किया गया। 5 जून 1999 को श्री राम प्रसाद के घर का दीपक सत्यवान सदा-सदा के लिए बुझ गया और छोड़ गया अपने पीछे दो छोटे-छोटे दीपक गौरव और सौरभ। सरकारी घोषणाएँ हुईं। परिवार वालों के मन में आस लगी कि पहाड़ सा जीवन काटने का कुछ आर्थिक माध्यम हो जायेगा। गौरव और सौरभ की पढ़ाई का ख़र्च भी चल जायेगा। सावित्री को किसी के आगे हाथ नहीं पसारना पड़ेगा। बुढ़ापे का सहारा सत्यवान के चले जाने से वृद्ध माता-पिता भी असहाय महसूस करने लगे। खेती करने की ताकत भी क्षीण हो चली

थी। पुत्र वियोग ने रही-सही शक्ति भी छीन ली। पूरे परिवार का आर्थिक, सामाजिक आधार सत्यवान के जाने से सब कुछ चला गया।

सरकारी घोषणाओं से नसों में कुछ जान आने लगी थी पर सब सरकारी घोषणाएँ खोंखली घोषणाएँ बन कर रह गयीं। सावित्री की कोई भी आस सरकार ने पूरी नहीं की। तब भी सावित्री अपने बूढ़े सास-श्वसुर का ध्यान रखती और थोड़े से ही पैसों में सबकी व्यवस्था किये जा रही थी। दोनों बच्चों को पढ़ाने के लिए भी निरन्तर संघर्ष किये जा रही थी। अब भी उसके मन में आस जग गयी थी उसके अपने बच्चों गौरव और सौरभ को लेकर। उन्हीं में वह फिर स्वप्न बुनने लगी थी। पर अबकी बार वह सोच रही थी कि पति की तरह मैं अपने बच्चों को सेना में नहीं भेजूँगी। घोषणाएँ हुई थीं कि शहीदों की विधवाओं को गैस एजेंसी, पेट्रोल पंप आवंटित किये जायेंगे। सहानुभूतिपूर्वक विचार किया जायेगा। कानूनी ताम-झाम में नहीं फँसाया जायेगा। पर क्या किसी विधवा को पेट्रोल पंप मिला? कितनी ऐसी विधवाएँ हैं, जिन्होंने अपनी माँग का सिन्दूर देश की सेवा में पोंछ लिया पर क्या सरकार को कभी शर्म आयी? शहीदों तथा उनके परिवार के प्रति होने वाले व्यवहार के प्रति संवेदनाएँ जगीं। घोषणा में जगी संवेदनाएँ व्यवहार के धरातल पर सो गयीं। क्यों नहीं ये नेता, समृद्ध वर्ग के लोग अपने बच्चों को सेना में भेजते? क्यों भारत की ग़रीब जनता के लालों को गोलियों से भुनने के लिए आगे कर दिया जाता है? क्योंकि उनके आगे मजबूरियाँ है। वे अपने माता-पिता का पेट भरने के लिए अपने दायित्व का निर्वाह करने के लिए दौड़े-दौड़े सेना में चले आते हैं। सेना में जवान की भर्ती के लिए विज्ञापन निकालता है–लाखों की संख्या में नौजवान पंक्ति में लग जाते हैं। जिस तरह भारत की 80 प्रतिशत जनता गाँवों में रहती है ठीक उसी तरह सेना में जवानों की 80 प्रतिशत संख्या गाँवों से पहुँचती है। शेष 20 प्रतिशत जनता ही शहरों से समृद्ध वर्ग से आती है। उसका कारण आर्थिक एवं सामाजिक है। भारत के गाँवों में अभी जनता जागरूक नहीं है। प्रतिभावान छात्र उपयुक्त स्थान तक सफलता प्राप्त नहीं कर पाते हैं। जिनको नीति नियन्ता व नीति नियामक होना चाहिए वे केवल नीति पालनकर्ता बन कर रह जाते हैं। हुक्म के गुलाम बन जाते हैं।

भारत की जनतान्त्रिक सरकारें, गणतान्त्रिक सरकारें सेनाओं के जवानों पर क्यों नहीं ध्यान देती? कम से कम अपने वायदें पर क्यों नहीं खरी उतरतीं? भारत माँ के देश की विधवा, शहीद की पत्नी, परिवार, बच्चों को क्यों दर-दर पर भटकना पड़ता है? शहीद के माता-पिता को बुढ़ापे में क्यों मजबूर होना पड़ता है? उनकी सहायता के लिए सरकार क्यों नहीं प्रभावी योजनाएँ बनाती?

सावित्री यह मंथन करते हुए दृढ़ निश्चय कर चुकी थी कि मैं अपने बेटों को सेना में नहीं भेजूँगी बल्कि नीति निर्माता बनाऊँगी। ऐसा प्रशासक, नीति निर्माता जो भारत माँ के शहीदों के परिवार के दर्द को समझ सके, महसूस कर सके। ताकि उस दर्द को समझकर ऐसी नीतियों का कार्यान्वयन हो जिससे किसी विधवा, यतीम को यह तड़पन न हो। सावित्री यह आस लिये ज़िन्दगी से जूझे जा रही थी। सावित्री पढ़ी-लिखी नहीं थी लेकिन सेना की दर्द की गहराई का अर्थ शायद उससे ज़्यादा पढ़ा-लिखा व्यक्ति भी नहीं समझ सकता था। वह दर्द की चिंगारी थी। इसलिए उसका व्यावहारिक ज्ञान का धरातल विस्तृत हो चुका था। वह भारत के लिए शहीद होने वाली अन्य शहीदों की पत्नियों, बच्चों, माता-पिता के दर्द को समझ चुकी थी, इसलिए उनकी भलाई के काम के लिए अपने बच्चों को लगाना चाहती थी। यही आस लिये बच्चों को पढ़ा रही थी। समाज में संघर्ष कर रही थी। अर्थ की चुनौतियों का सामना कर रही थी। नर्सरी स्कूल में गौरव और सौरभ को भेज रही थी। ऐसे संस्कारों से अपने पुत्रों को सींच रही थी।

# ममता

नेहा की शादी थी। शादी में सभी लोग इकट्ठा हुए थे। सभी नात-बात एक दूसरे से बतियाने में मशग़ूल थे। नेहा के मामा ग्राम प्रधान थे। वह बोलेरो गाड़ी से चलते थे। क्षेत्र के विधायक मंत्री से उनके बहुत अच्छे सम्बन्ध थे। उन्होंने विधायक मंत्री जी को भी निमंत्रण दिया था। विधायक जी लखनऊ में बहुत अधिक व्यस्त थे। इसलिए विधायक जी की पत्नी मन्त्राइन जी क्षेत्र में विवाह कार्यक्रम में शरीक होने अपने दल-बल के साथ पहुँची। नेहा के मामा मन्त्राइन जी की खातिरदारी करने में व्यस्त हो गये। ग्रामीण राजनीति की पारखी कुछ महिलाएँ भी मन्त्राइन जी के साथ लग लीं। वे बड़े सलीके से मन्त्राइन जी को वर-वधू के स्टेज पर ले गयीं। इस बीच जयमाल कार्यक्रम सम्पन्न हो चुका था। आशीर्वाद देने की बारी थी। मन्त्राइन जी ने हाथ में पुष्प लेकर वर-कन्या को आशीर्वाद दिया। इसके बाद महिलाएँ मन्त्राइन जी को बफर सिस्टम से आयोजित खाने पर ले गयीं। मन्त्राइन जी के लिए कई लोग प्लेट लगाने लगे। नेहा के मामा ने सबसे पहले प्लेट लगाकर मन्त्राइन जी के हाथ में बढ़ा दिया। मन्त्राइन जी ने पकड़ लिया। सबसे पहले खाने की तारीफ कीं फिर राजनीति की चर्चा में व्यस्त हो गयीं। अपने सहयोगी कार्यकर्ताओं को आगे की रणनीति के बारे में समझाने लगीं। एक तरफ़ विवाह कार्यक्रम सम्पन्न हो रहा था। परिवार के लोग उसमें व्यस्त थे। दूसरी तरफ़ साथ-साथ राजनीतिक कार्यक्रम भी चल रहा था।

द्वार पर आयी बारात में उस क्षेत्र के पढ़े-लिखे हुए अधिकांश बुद्धिजीवी भी एकत्रित हुए थे। कुछ लोग चारपाई पर बैठे थे तो कुछ लोग कुर्सी पर बैठे थे। सबसे अधिक संख्या मास्टरों की थी। मास्टर राम मिलन वर्मा गाँव के प्राथमिक विद्यालय के हेड मास्टर थे। उन्हें गाँव के तथा आस-पास के

क्षेत्र के सभी बच्चों के बारे में विस्तृत जानकारी थी। उनकी बच्चों में बहुत अभिरुचि थी। बहुत मन से कक्षा में पढ़ाते थे। समय से विद्यालय लगता था। ख़ूब अच्छी पढ़ाई होती थी। मास्टर राम मिलन वर्मा के नाते सभी किसान-मजदूर अपने बचों को ख़ुशी-ख़ुशी विद्यालय भेजते थे। इसलिए सबको उन पर भरोसा था। वे अन्य मास्टरों तथा रिश्तेदारों को बताने लगे कि अबकी बार किसका लड़का इंजीनियरिंग में चयनित हुआ है। किसका डॉक्टरी में चयनित हुआ है। अभी कुछ रिजल्ट आना बाकी है। किसके लड़के के इस बार होने की पूरी उम्मीद है। किसकी लड़की पढ़ने में तेज़ है। कम्पटीशन की तैयारी कर रही है। सभी बच्चे लखनऊ या इलाहाबाद रहकर तैयारी कर रहे हैं। कुछ लड़के आई.ए.एस. की तैयारी के लिए दिल्ली निकल गये हैं। अब की बार ज़िले से कुर्मी बिरादरी के पाँच लड़के आई.ए.एस. की परीक्षा में चयनित हुए हैं। एक लड़की का भी चयन हुआ है। हमारा समाज आगे बढ़ रहा है। सभी लोग ध्यानमग्न होकर मास्टर साहब की बात सुन रहे थे। महिलाओं की मण्डली अपने सुख-दुःख की चर्चा में लीन थी। बहुत दिनों के बाद परिवार की सभी लड़कियाँ, बहुएँ, सास सभी लोग इकट्ठा हुई थीं। अड़ोस-पड़ोस की भी महिलाएँ आयी हुई थीं। सब एक-दूसरे का हाल-चाल पूछ रही थीं। अपने बच्चों की चर्चा कर रही थीं। पड़ोस की बहू नीता देवी की बहन मालती देवी भी विवाह देखने द्वार पर आयी हुई थी। बहुत ख़ुश होकर वह नेहा के दुल्हे को निहार रही थी। इतने में नेहा की बुआ मायावती की नज़र मालती पर पड़ी। देखते ही तपाक से कहा—भला तुम अपने बच्चों को छोड़कर कैसे बहन के यहाँ पड़ी रहती हो। तुम्हें अपने घर रहना चाहिए। सुना है कि तुम अपनी ससुराल में नहीं रहती हो। मालती देवी से कोई जवाब नहीं देते बना। क्या जवाब थमा दे। मन खौलकर रह गया। थोड़ी देर बाद फिर नेहा की बुआ बोलीं कि अगर ससुराल में तुम्हारी नहीं पट पाती है तो देवरानी-जेठानी से अलग हिस्सा लेकर रहो। दुनिया अलग रहती है। जब भाइयों में नहीं पट पाती तो दुनिया अलग नहीं होती है। तुम भी अपना हिस्सा लेकर अलग होकर अपने बच्चों के साथ क्यों नहीं रहती हो। भला अपने छह बच्चों को छोड़कर कोई भी माँ मायके में या बहन के यहाँ पड़ी रहती है, घूमती रहती है। तुमसे

कैसे रहा जाता है कि आज दस साल से तुम इसी तरह घूम-घूम कर अपना टाइम काट रही हो।

मालती देवी को सारी बात ख़ूब समझ में आ रही थी लेकिन वह नेहा की बुआ का कोई जवाब देना नहीं चाहती थी। मालती को लग रहा था कि ऐसी औरत को क्या जवाब दूँ जो ससुराल जाते ही अपने जेठ एवं सास से अलग होकर अकेले ही अपने बच्चों के साथ ज़िन्दगी जी रही हो। जिसे दस बीघे का हिस्सा मिला हुआ हो उसे मेरा दर्द क्या समझ में आयेगा। दर्द को सीने में दबाये हुए मालती हँस-हँसकर अन्य औरतों से बात करने लगी। अपनी बहन नीता की सहेली सुशीला से बड़े प्रेम से कहने लगी–मैं छह बच्चों की माँ हूँ। क्या बिना किसी वजह के ऐसे ही भाई के यहाँ बैल की तरह काम करती हूँ। बहन के यहाँ रहती हूँ तो बहन के सारे कामों में हाथ बँटाती हूँ। खेती थाम लेती हूँ। जहाँ भी मैं रहती हूँ वहीं पर मुझसे सब लोग ख़ुश रहते हैं। सभी लोगों से हँस-बोलकर रहती हूँ। दस साल हो गये। घर की कलह की वजह से पति ने घर छोड़ दिया। कहाँ चले गये, आज तक पता नहीं है। उनके आने की आस लिये मन में जी रही हूँ। बच्चों को पाल रही हूँ। बच्चे सभी छोटे-छोटे हैं। मैं अकेली औरत कमाकर उनका पेट नहीं भर सकती हूँ। केवल पाँच बीघा खेत है। तीन भाइयों का परिवार है। सब लोग बाँटना चाहते हैं। मेरे बच्चों का खर्च सबसे ज़्यादा है। मैं ससुराल में पहुँच जाऊँ तो घर बँट जायेगा। सब लोग मेरे बच्चे मुझको पकड़ा देंगे। हमारी सास हमको बहुत मानती है। कहती हैं कि राम आधार हमारा सबसे बड़ा बेटा है। उसने हमारे सभी बच्चों का पार लगाया है। उसने मेरे पाँच बच्चों की पढ़ाई-लिखाई शादी-ब्याह सब कुछ किया। जब उसके बच्चों की बारी आई तो मैं उनको छोड़ दूँ। सास कहती है कि बहू तुम मायके में पड़ी रहो। तुम्हारें बच्चों को मैं देखूँगी। देखती हूँ कैसे नहीं पढ़ाते-लिखाते और शादी ब्याह करते हैं। सबसे बड़ा बेटा आशाराम वर्मा मोतीलाल नेहरू इंजीनियरिंग कॉलेज, इलाहाबाद से बी.टेक कर रहा है। उसने कहा–माँ तुम मामा के यहाँ ही पड़ी रहो। ताकि मजबूर होकर लोग लोक-लाज की परवाह करके मुझे पढ़ाते रहें। नहीं तो माँ तुम मेरा खर्च कहाँ से पूरा कर पाओगी। माँ दो साल बीत गया है। दो साल और इसी तरह से बीत जायेंगे। माँ

तुम मेरे खातिर दो साल का वनवास और काट लो। सभी छोटे भाई-बहनों की ज़िम्मेदारी उठाने के काबिल बन जाऊँगा। मालती देवी के कानों में बेटे की ये आवाजें गूँजती हैं। उसी उल्लास में ख़ुश होकर मालती देवी ज़िन्दगी से लड़े जा रही थी। ज़िन्दगी से हार मानना नहीं सीखा था मालती ने। वह सुशीला से बताती है कि मेरे सभी बच्चे मेरी स्थिति को जानते हैं। चुपके से मिलने भी आते हैं पर किसी को बताते नहीं है। स्कूल आने के बहाने आकर मिल जाते हैं।

ममता की बेल में लिपटी हुई मालती नेहा के दुल्हे को खिचड़ी खाते देखकर मन ही मन सोच-सोच कर ख़ुश हो रही थी कि एक दिन मेरा भी बेटा इसी तरह मंडप में खिचड़ी खायेगा। महिलाएँ मंगल गीत गायेंगी। नाच-बाजा आयेगा। बाराती आयेंगे। द्वार सजेगा। लोग मेरे बेटे की मनुहार करेंगे। नौटंकी का नचनिया गाना गाकर नाच रहा था–"धूम मचाये रघुराई जनकपुर मे। केथुअन के चार खम्भे गड़े हैं केथुअन माड़व छवाई जनकपुर में। सोनवा के चार खम्भे गड़े है रूपवा के माड़व छवाई जनकपुर में। धूम मचाये रघुराई जनकपुर में।"

# धन्यवाद

गर्मियों का दिन करीब आ रहा था। सूरज ढल रहा था। अप्रैल का महीना चल रहा था। विजय लक्ष्मी अपने मायके मीरापुर आयी हुई थीं। अपने भाई राम अभिलाष से बात करते हुए बताने लगीं कि घर में किसी बच्चे के न रहने से घर का काम-काज करने में बहुत दिक़्क़त होती है। विजय लक्ष्मी की नज़र भाई की बड़ी बेटी श्रद्धा पर थी। अगर भैया श्रद्धा को हमारे साथ जाने देते तो हमें कुछ दिनों के लिए आराम मिल जाता। विजय लक्ष्मी के तीन बच्चे थे। बड़ा बेटा आकाश बंग्लौर में एक बड़ी कम्पनी में इंजीनियर था। उसकी शादी हो चुकी थी। उसके दो बच्चे थे एक बेटा साहिल तथा बेटी कशिश। विजय लक्ष्मी का छोटा बेटा प्रकाश इलाहाबाद में रहकर प्रतियोगी परीक्षा की तैयारी कर रहा था। बेटी शिखा आई.आई.टी., धनबाद से एम.बी.ए. कर रही थी। विजयलक्ष्मी की बात को भाई राम अभिलाष टाल नहीं पाये। उन्हें भी लगा कि अगर श्रद्धा बुआ के घर कुछ दिनों के लिए चली जायेगी तो उसका भी मन बहल जायेगा। गर्मी की छुट्टियाँ होने वाली हैं। अभी स्कूल, कॉलेज भी बन्द होने वाले हैं। पढ़ाई का भी कोई नुकसान नहीं होगा। बहन विजयलक्ष्मी की बात भाई को समझ में आ गयी और सहर्ष वह श्रद्धा को भेजने के लिए तैयार हो गये।

इधर श्रद्धा भी मन ही मन फूले नहीं समा रही थी कि नयी जगह जाऊँगी, बुआ के यहाँ ख़ूब घूमकर आऊँगी। सुन रखा था कि बहुत बाग़-बग़ीचा है, बहुत तरह के फल वाले पेड़ लगे हैं–विभिन्न प्रकार के आम, अमरूद, कटहल, अनार, लीची, करौंदा, आँवला, केला, पपीता, अंगूर, जामुन, अमरख, संतरा, कैंथा, इमली, बेर, नीबू आदि जैसे कई प्रकार के पेड़ अन्य तरह-तरह के पेड़ लगे हुए हैं। शाल, सागौन, शीशम, साखू, यूकेलिप्टस,

नीम, मीठी नीम, महुँआ, गाँव में बहुत बड़ा बरगद का पेड़, पीपल का पेड़, पास में पोखरा। थोड़ी दूर पर एक तालाब भी था जिसमें जलकुम्भी तैरा करती थी। किनारे-किनारे बेहया के पेड़ अपनी सुगन्धहीन फूलों के साथ मुस्कुराते रहते थे। जलकुम्भी में भी बैगनी रंग का फूल और बेहया के फूल का रंग भी हल्का बैगनी। अद्‌भुत छटा बिखेरते थे। जैसे लगता था कि उन्हें यत्नपूर्वक लगाकर सजाया गया हो। पोखरा के किनारे-किनारे काश (एक प्रकार का पतवार), सरपट का जुट्टा लगा हुआ था। उस जुट्टे में साँपों के रहने का आवास भी था। अपने-अपने विवर में सर्प भी आराम से रहते थे। नेवले भी इधर-से-उधर भागते हुए दिखाई पड़ जाते थे। श्रद्धा के गाँव में आम का बाग-बगीचा तो था लेकिन इतने विभिन्न प्रकार के पेड़ों के बारे में सुना था, लेकिन देखा नहीं था। इसलिए उसे भी बहुत उत्सुकता थी कि उसे बुआ के यहाँ जाने को मिल जाये तो मजा आ जाये। वह बड़े ही उत्साहपूर्वक बुआ के साथ उनके घर गयी। बुआ को लेने उनके बड़े बेटे आकाश आये हुए थे। दुबला-पतला इकहरा शरीर। बुआ भी हल्के शरीर की थीं। एक ही मोटरसाइकिल पर तीनों लोग बुआ के घर पहुँच गये। अब श्रद्धा की ख़ुशी का ठिकाना न था। वह सुबह-शाम बुआ के साथ काम में हाथ बँटाती। बुआ को बहुत अच्छा लगता था। फूफा जी वकील थे। वे अपने वकालत के काम में व्यस्त रहते। उनके पास समय नहीं होता था। बुआ को भी श्रद्धा का सहारा मिल गया था। बुआ बड़ी उदारमना थीं। वह कभी भी श्रद्धा को खेलने से नहीं रोकती थीं। सुबह-शाम ज़रूरी काम करवाने के बाद श्रद्धा पास-पड़ोस के बच्चों के साथ खेलने निकल जाती। उनके साथ कबड्डी, सूर्र, खो-खो, सियरडण्डी, चिलिया-चिलोर, गुल्ली-डण्डा, छुपन-छिपाई, आइस-पाइस, लूडो, ताश, साँप-सीढ़ी, चोर-पुलिस, गिट्टी, कंचे, गेंद आदि खेलों को खुलकर खेला करती। बुआ के पास-पड़ोस में छोटे-छोटे बच्चों की भरमार थी। सभी लगभग आठ से बारह वर्ष की उम्र के बीच के बच्चे थे। श्रद्धा की उम्र भी लगभग ग्यारह वर्ष की थी। वह कक्षा पाँच पास कर चुकी थी। वह कक्षा छह में प्रवेश कर चुकी थी। कक्षा छह में उसे जुलाई महीने में दाख़िला लेना था। बुआ के यहाँ खेलने वाले बच्चों में कुछ लड़के थे और कुछ लड़कियाँ। उस समय गाँव में बच्चों का

साथ में खेलना स्वाभाविक था। कोई भी अभिभावक अपने बच्चों को मना नहीं करते थे। बच्चे खेल-खेल में स्वस्थ, चुस्त और दुरूस्त होते थे। खेल-खेल में उनका शारीरिक और मानसिक दोनों विकास होता था।

बुआ के गाँव गोविन्दपुर में उस पीपल के पेड़ के नीचे गाँव के लगभग सभी बच्चे खेलने के लिए इकट्ठा हो जाते थे। क्या सुबह, क्या शाम, क्या दोपहर जब भी जो बच्चा ख़ाली होता, खेलने पहुँच जाता। वहाँ कोई-न-कोई बच्चा खेलता हुआ मिल ही जाता था। वहाँ अजय, संजय, सीमा, रीना, परी, छोटू, अक्षय, अक्षत, रामू, श्यामू आदि सभी बच्चे मिलकर खेला करते थे। खेलने में लड़कियों में सबसे ज़्यादा श्रद्धा और लड़कों में अक्षय सबसे अव्वल था। कबड्डी, खो-खो, सूर्र की जब टीम बनती, दोनों जिस टीम में रहते, वह टीम ज़रूर जीत जाती। इसलिए जब टीम बनती सभी बच्चे उनको अपनी टीम में लेने का प्रयास करते थे। खेलते-खेलते अक्षय और श्रद्धा को महसूस होने लगा कि अगर दोनों एक ही टीम में रहेंगे तो निश्चित रूप से हमारी ही टीम जीतेगी। इस तरह खेल-खेलने में दोनों में गहरी मित्रता हो गयी। अगर दोनों अलग-अलग टीम में हो जाते और जब एक की टीम हार जाती तो दूसरा एक-दूसरे के ऊपर आरोप लगाते कि तुम्हारी वजह से हमारी टीम हारी है। हम दोनों अगर एक ही टीम में होंगे तो हम लोगों की जीत पक्की है। जिसकी टीम जीत जाती वह, दूसरे को चिढ़ाता कि तुम्हारी टीम हार गयी। तुम लोग फिसड्डी हो। खेलते-खेलते कब दो महीने की गर्मी की छुट्टियाँ बीत गयीं, उनको पता ही नहीं चला। जुलाई का महीना आ गया। स्कूल खुलने के दिन आ गये। इसलिए श्रद्धा को अपने गाँव वापस आना ही था। श्रद्धा वापस अपने गाँव आ गयी। अब यहाँ उसका मन नहीं लगता था। बार-बार बुआ के यहाँ की स्वतन्त्रता, खेलने का सुख याद आता था। उसे वहाँ के सभी बच्चों की याद आती, विशेष रूप से अक्षय के साथ खेलना उसे नहीं भूलता था परन्तु धीरे-धीरे उसे सब भूल गये।

श्रद्धा को अपने गाँव मीरापुर में खेलने की इतनी आजादी नहीं मिल पाती थी। ऊपर से घर का काम भी बहुत ज़्यादा करना होता था। अम्मा की भी मदद करनी होती थी। बाबू के भी काम में हाथ बँटाना होता था। घर के काम-

काज की काफ़ी ज़िम्मेदारी उसके पास बढ़ती जा रही थी। जैसे-जैसे वह बड़ी हो रही थी, वैसे-वैसे उसकी समझ और काम की ज़िम्मेदारी का बोझ बढ़ता ही जा रहा था। श्रद्धा पढ़ने में भी बहुत तेज़ थी। गाँव के बच्चों की तुलना में काफ़ी होशियार थी। माता-पिता को भी श्रद्धा के काम पर पूरा भरोसा होता था।

गाँव की जो परम्परा रीति-रिवाज है, उसी के अनुसार श्रद्धा जब कानपुर विश्वविद्यालय से बी.ए. कर रही थी, तभी उसकी शादी कर दी जाती है। माता-पिता सक्षम थे इसलिए शादी भी ठीक-ठाक होती है। लड़का पी.डब्ल्यू. डी. में जूनियर इंजीनियर था। वह दिल्ली में रहकर नौकरी कर रहा था। उसका नाम था आशुतोष। समय बीतता गया और ज़िन्दगी आगे बढ़ती गयी। वक्त बीतने के साथ ही श्रद्धा के दो बच्चे हो गये। एक बेटा अंकुर और बेटी प्रतिभा। बेटा-बेटी भी बड़े हो गये थे। बेटा अंकुर सेना में अधिकारी बन गया था और बेटी प्रतिभा डॉक्टरी की पढ़ाई कर रही थी।

उधर अक्षय भी पढ़ाई करके सेतु निगम में सिविल इंजीनियर बन गया था। उसकी कमाई अच्छी थी। समय के साथ-साथ उसका भी सुन्दर सुशील कन्या ऋचा के साथ विवाह हो गया था। उसके दो बेटे थे। दोनों बहुत ही होनहार थे। गाँव से निकले होने के कारण गाँव के जीवन की कठिनाई का उन्हें अच्छे से ज्ञान था। पिता अक्षय अपने जीवन के संघर्ष से उन्हें परिचित कराया करते थे। कितनी कठिनाई के साथ पिता जी राम सहारे खेती की कमाई से पढ़ाई कराये थे। माता सुभद्रा देवी की मेहनत का उन्हें सदा ही ख्याल रहता था। अक्षय के दोनों बेटे जीवन में अच्छी सफलता प्राप्त कर लिये थे। बड़ा बेटा आभास डॉक्टर बन गया था और छोटा बेटा अरमान इंजीनियर बन गया था।

श्रद्धा जब बुआ के घर गयी थी तब उन दिनों उन लोगों के साथ उसकी सहेली गुड़िया भी खेला करती थी। गुड़िया की भी ज़िन्दगी अच्छी चल रही थी। उसकी भी शादी बिजली विभाग में नौकरी करने वाले लड़के हिमांशु से हो जाती है। उसके भी दो बच्चे थे, दोनों ही बेटे थे। बड़ा बेटा पी.सी.एस. अधिकारी बन गया था। उसका नाम था रजत। छोटा बेटा विनम्र अभी पढ़ाई ही कर रहा था। बेटे रजत के पी.सी.एस. अधिकारी बनने से गुड़िया का मन बहुत ख़ुश था। वह बहुत उत्साहित थी। उसने योजना बनाई कि बेटे की शादी में सभी बचपन के मित्रों को भी बुलाऊँगी। यह जीवन का ऐसा क्षण होता है

जब परिवार के सभी सदस्य माता को जीवन का उच्च सम्मान दे रहे होते हैं। ऐसे समय में गुड़िया के मन की बात को कोई भी टालने के मूड में नहीं था। न तो पतिदेव हिमांशु और न ही दोनों बेटे।

गुड़िया ने अपने बेटे रजत की शादी में बहुत लोगों को आमंत्रित किया। मायके और ससुराल के सभी रिश्तेदार सपरिवार आये। शादी करने का स्थान चुना लखनऊ का प्रसिद्ध पाँच सितारा होटल अजय इंटरनेशनल जो कि फैजाबाद रोड पर पड़ता है। उस शादी में अक्षय भी अपनी पत्नी तथा बच्चों के साथ सपरिवार आया। गुड़िया ने श्रद्धा को भी सपरिवार आमंत्रित किया था, परन्तु श्रद्धा की कुछ परिस्थितियाँ ऐसी थी कि पतिदेव भी व्यस्त थे और साथ ही दोनों बच्चे भी अपनी व्यस्तता के कारण नहीं आ सकते थे। श्रद्धा का बहुत मन था कि इतने दिनों के बाद गुड़िया ने अपने बेटे की शादी में हमें आमंत्रित किया है, इसलिए हमें ज़रूर जाना चाहिए। जब श्रद्धा ने यह इच्छा जताई तो परिवार के सभी लोगों ने राजी-ख़ुशी से यह तय किया कि श्रद्धा अकेली ही शादी में जायेंगी और सभी लोगों से भेंट मुलाकात करके आयेंगी।

इधर श्रद्धा को बीमारियों की बहुत ज़्यादा सौगात मिल चुकी थी। वह ब्लड प्रेशर और शुगर दोनों की मरीज थी, परन्तु शादी में जाने का उत्साह बहुत ज़्यादा था इसलिए उसने अकेले ही जाने का दृढ़ निश्चय कर लिया। श्रद्धा को दिल्ली से लखनऊ आना था। लेकिन जब जाना पहचाना रास्ता था। अपने घर के करीब आना भी था। इसलिए आने का और अधिक उत्साह था। इसी बहाने घर जाकर माता-पिता और सभी लोगों से मिल आयेगी। अन्ततः श्रद्धा भी रजत की शादी में पहुँच गयी। गुड़िया से इतने वर्षो बाद मिलते ही वह भाव-विभोर हो गयी। फिर शादी में सभी लोग व्यस्त हो गये। बारात के होटल पहुँचने का समय हो रहा था। सभी ख़ूब सज-धजकर पहुँचने में व्यस्त थे। रजत को दूल्हे के रूप में फूलों से ख़ूब सजी बग्घी पर बैठे देखकर श्रद्धा का मन गद्गद हो गया। जो देखने के लिए, सभी से मिलने के लिए उसका मन तरस रहा था, वर्षों से आज वह दिन आ गया। उसके अरमान पूरे हो रहे थे। मन की इच्छाएँ पूरी होने पर ऐसे अवसरों पर कौन सुख का अनुभव नहीं करता। श्रद्धा को भी ऐसे आनन्द की अनुभूति हो रही थी। सभी बराती तथा घराती मिलने-जुलने, खाने-पीने में व्यस्त थे। ऐसे समय में श्रद्धा को अचानक

हार्ट अटैक का दौरा पड़ता है और वह बेहोश होकर ज़मीन पर गिर जाती है। उस समय वह कुर्सी पर बैठी अन्य औरतों से बातें कर रही थी। इस समय वह अक्षय की पत्नी से हाल-चाल की बात कर रही थी। श्रद्धा की तबीयत की गंभीरता को देखते हुए अक्षय ने अपने बेटे तथा पत्नी से सहायता करने के लिए कहा और अपनी गाड़ी में लेकर वह अस्पताल पहुँचा। वहाँ विवेकानन्द अस्पताल में पहुँच कर तुरन्त एडमिट कराया। श्रद्धा का सही समय पर इलाज होने पर उसकी जान बच गयी। उधर गुड़िया के बेटे की शादी जब सम्पन्न हो गयी तब गुड़िया को भी इस समाचार से अवगत कराया गया। गुड़िया ने श्रद्धा के पतिदेव आशुतोष को सभी समाचार से अवगत कराया और आने के लिए कहा। आशुतोष पत्नी श्रद्धा को लेने के लिए तुरन्त चल पड़े। जब श्रद्धा की तबीयत ठीक हुई तब उसे लेकर वापस दिल्ली गये। आशुतोष को जब सारा समाचार पता चला तो उनके आश्चर्य का ठिकाना नहीं था और राहत भी।

आज भी मित्रता में इतना दम होता है। लोग आज भी एक-दूसरे का इतना ख्याल रखते हैं। वह कौन देवता था जो शादी के समय जश्न का माहौल छोड़कर सपरिवार श्रद्धा की जान बचाने में जुट गया। आज उसकी ही कृपा से श्रद्धा की जान बच सकी। श्रद्धा भी मन ही मन बहुत कृतज्ञता का अनुभव कर रही थी लेकिन बात को ज़्यादा खुलकर नहीं बता पा रही थी। परन्तु बहुत ही संतोष महसूस कर रही थी। उधर अक्षय को ईश्वर ने मित्रता निभाने का एक अच्छा मौका दिया था। वह ऐसा करके अपने को कुछ हल्का एवं आनन्द महसूस कर रहा था। किसी की सहायता करने पर, किसी की जान बचाने का माध्यम बनने पर किसी भी इन्सान को जो महसूस होता है आज वही अनुभूति अक्षय को सन्तोष प्रदान कर रही थी। मन ही मन ख़ुशी भी हो रही थी। अक्षय फिर अपनी ज़िन्दगी में व्यस्त हो गया। मन में भावनाओं का ज्वार उमड़ने के बावजूद श्रद्धा ने अक्षय से सीधे बात नहीं की, वह तो सब समझ रही थी। उसे यह भी चिन्ता हो रही थी जीवन के इस पड़ाव पर पहुँचकर बातचीत करने से किसी के मन में कोई ग़लतफ़हमी न आ जाये। किसी के परिवार को कोई कष्ट न हो। इसलिए अक्षय के प्रति कृतज्ञता व्यक्त करना भी श्रद्धा ने उचित नहीं समझा।

कुछ दिनों के बाद श्रद्धा सपरिवार प्रयाग में कुम्भ मेले में घूमने आयी थी। यहाँ उसकी मुलाकात अक्षय के बड़े बेटे आभास से हो गयी। उसने भी श्रद्धा मौसी को देखते ही पैर छूकर आशीर्वाद लिया। बात-चीत होने पर हाल-चाल पूछा और आभास से कहा—बेटा आप लोगों ने मिलकर लखनऊ में रजत की शादी में मेरी जान बचाई थी, इस अहसान को मैं ज़िन्दगी भर नहीं भूल सकती। अपने पापा को मेरी तरफ़ से धन्यवाद कहना।

# साँवली लड़की

शाम का समय हो रहा था। काफ़ी धुँधलका हो गया था। गोधूलि की बेला थी। सभी जानवर गाय, भैंस, बकरियाँ, घास चरकर चरवाहों के साथ वापस घर की तरफ़ लौट रहे थे। पक्षी भी चहचहाते हुए झुण्ड में अपने घोंसलों की तरफ़ उड़ान भर रहे थे। सितम्बर का महीना था। बरसात अभी बन्द नहीं हुई थी। रह-रहकर बरसात हो जाया करती थी। उस दिन रिमझिम फुहार पड़ रही थी। मिथिलेश के बाबू वर खोजकर वापस घर की तरफ़ लौट रहे थे। मिथिलेश के बाबू जैसे ही साइकिल पर से उतरे, रोज की तरह मिथिलेश अपने बाबू के पास दौड़ी। खाना-पीना को पूछा। बाबू ने पानी लाने के लिए कहा। मिथिलेश जल्दी से भीतर गयी और देखा कि उसकी छोटी बहन शिव कुमारी मिट्टी के चूल्हे में आग जला चुकी है। दाल और चावल पकाने के लिए पीतल की बटुली में पेंदी में लेप लगाकर चूल्हे पर चढ़ा चुकी है। अदहन खौल रहा है। दाल-चावल डालने के लिए शिव कुमारी जल्दी-जल्दी धुल रही थी। चूल्हे में गोबर के कण्डे की अच्छी तरह आग बन चुकी थी। मिथिलेश ने सोचा कि जल्दी से लोहे की चलनी में चना डालकर उस पर कण्डे की आग डालकर चना भून दूँ। यही बाबू जी को दे दूँ तो गरम-गरम चना चबाकर पानी पी लेंगे। भूख कुछ शान्त हो जायेगी। साथ में छिलके सहित लहसुन, हरा मिर्चा, धनिया की हरी पत्ती, नमक डालकर सिल-बट्टे पर कूटकर चटनी बना लायी। उसके बाबू ने चटनी के साथ भुना हुआ चना चबाया। तिल वाला गुड़ खाकर पानी पिया तो थकान थोड़ी हल्की महसूस होने लगी।

मिथिलेश के बाबू के मन में अब झंकृत हो रहा था कि जो लड़का देखकर आया हूँ उसके बारे में मिथिलेश को कैसे बताऊँ? इधर मिथिलेश के मन में भी व्याकुलता थी। वह मन ही मन सुनना चाह रही थी, जानना चाह

रही थी कि बाबू कहाँ गये थे? किस तरह का लड़का देखकर आये हैं? उसके घरवालों की क्या स्थिति है? परिवार में कितने सदस्य हैं? लड़का कितना पढ़ा-लिखा है। कौन सी नौकरी करता है? लड़के के माता-पिता क्या करते हैं? कितने भाई-बहन हैं? यह सब कुछ अनुत्तरित सवाल उसके मन में गूँज रहे थे। परन्तु सीधे बाबूजी से पूछने की हिम्मत नहीं थी। और बाबू भी इस स्थिति में नहीं थे कि वह आकर सभी विवरण मिथिलेश को बता सकें। ऐसे समय में माँ की कमी दोनों को बहुत खल रही थी। मिथिलेश जब इंटर में पढ़ रही थी, तभी से मिथिलेश की माँ राजरानी देवी मिथिलेश के बाबू से अक्सर कहा करती थीं कि बिटिया अब बड़ी हो रही है। जल्दी ही वर ढूँढ़ना शुरू कर दीजिए, ताकि समय पर मिथिलेश की शादी हो जाये। फिर उसकी छोटी बहन शिवकुमारी भी तो बहुत तेज़ी से बड़ी हो रही थी। उसकी लम्बाई देख कह नहीं कह सकते थे कि वह दसवीं में पढ़ रही है। तब मिथलेश के बाबू को पत्नी राजरानी देवी की कोई भी बात कान में सुनाई नहीं देती थी। हर बात को सुनकर अनसुनी कर देते थे। मिथिलेश जब इंटर में पढ़ रही थी, तभी ब्रेन इंजरी के कारण राजरानी देवी का असमय देहावसान हो गया था। राम निहोर सिंह पर विपत्तियों का पहाड़ टूट पड़ा था फिर भी राम निहोर हिम्मत बाँधे हुए परिवार चला रहे थे।

मिथिलेश के बाबू राम निहोर सिंह का संयुक्त परिवार था। चार भाई थे और दो बहनें थी। सभी की शादी हो चुकी थी। सभी बाल-बच्चे वाले थे। सबसे बड़े राम निहोर सिंह ही थे। उन्होंने हमेशा से पूरा परिवार सँभाला था। जीविका का मूल आधार खेती ही था।

राम निहोर सिंह अम्बेडकर नगर के हिलालपुर गाँव के रहने वाले थे। आस-पास के गाँव में उनकी तथा उनके परिवार की बहुत प्रतिष्ठा थी। खेती भी औसत दर्जे की उनके पास थी। परिवार के सभी सदस्य बहुत कर्मठ थे। कहीं न कहीं सभी सदस्य सही रास्ते से धनोपार्जन में लगे रहते थे। राम निहोर के माता-पिता का भी अभी उन्हें आशीर्वाद प्राप्त था। माता सरजू देवी और पिता देवीदीन अपने बच्चों की प्रशंसा करते न थकते थे। अस्सी के दशक तक उनके सभी बच्चों की शादियाँ आसानी से हो गयी थीं। इसलिए उन्हें नई पीढ़ी की मानसिकता में हो रहे परिवर्तन का कोई एहसास नहीं था। जहाँ चाहा, वहाँ

बेटे तथा बेटियों की शादियाँ कर दीं। तब लड़का-लड़की को देखने-दिखाने का कोई रिवाज़ नहीं था।

राम निहोर सिंह बड़े भ्रम में थे। वे सोचते थे जब जहाँ चाहूँगा, अपनी बेटी मिथिलेश की शादी कर दूँगा। समाज में मेरी प्रतिष्ठा है ही। जिस लड़के के दरवाज़े पर जाऊँगा, वह कैसे मना कर पायेगा? वह सोच रहे थे कि पहले अच्छा सा घर बनवा लूँ, तब बेटी की शादी करूँगा। ब्याहने के लिए बारात दरवाज़े पर बुलाऊँगा। बारातियों की ख़ूब इज़्ज़त करूँगा ताकि बाराती भी ज़िन्दगी भर याद रखें कि राम निहोर सिंह के यहाँ जब बारात गयी थी तो किस तरह से बारातियों का स्वागत सत्कार हुआ था। इधर मन ही मन यह भी विचार बना लिया था कि मिथिलेश की शादी नौकरी करने वाले अच्छे शिक्षित लड़के से करूँगा। भले ही वह इंटर कालेज का शिक्षक ही क्यों न हों। जगह-जगह लड़कों के बारे में जानकारी करके अच्छे घर में रिश्ते के लिए जाते। बात की शुरूआत तो काफ़ी अच्छी होती थी, परन्तु जब लड़की को देखने की बात आती तो उसके बाद पलटकर कोई भी लड़का वाला बात नहीं करता था। जैसे-जैसे समय बीतता गया, चिन्ता बढ़ती गयी। पत्नी के बिना उन्हें हर जगह दिक़्क़त महसूस होने लगी। उनकी कही हुई बातें मन को कचोटतीं। आख़िर समय रहते हमने क्यों नहीं ध्यान दिया। काश पत्नी की बात मान लिये होते तो आज यह नौबत नहीं आती। उन्हें यह समझ में नहीं आ रहा था कि हमारी लड़की को देखने के बाद लड़के वाले क्यों मना कर देते हैं, क्योंकि उनको तो अपनी लड़की मिथिलेश बहुत प्यारी थी। वह गुणों की खान थी। सभी कार्यों में निपुण थी। विनम्रता, सहनशीलता उसमें कूट-कूट कर भरी थी। बहुत ही आज्ञाकारी थी। माता-पिता पूरे परिवार की सेवा में हमेशा समर्पित रहती थी। पढ़ने में, सिलाई-कढ़ाई-बुनाई में भी अव्वल थी। बी.ए. पास कर चुकी थी। लम्बाई भी बहुत अच्छी थी लगभग पाँच फुट तीन इंच। बस एक ही कमी थी कि रंग साँवला था। बस सभी समस्या की जड़ यहीं थी। साँवले रंग की साँवली सूरत देखकर हर कोई लड़के वाले मना कर दे रहे थे। समाज में लड़की की सीरत कोई नहीं देख रहा था। सारा किया गया प्रयास व्यर्थ हो जा रहा था। आख़िर वर ढूँढ़ते-ढूँढ़ते राम निहोर सिंह थक गये। अब उन्हें कोई उपाय नहीं सूझ रहा था कि बेटी की शादी कहाँ पर और कैसे करें? पढ़े

लिखे नौकरी वाले लड़के से नीचे उन्हें स्वीकार नहीं था भले ही लड़के का रंग साँवला ही क्यों न हो। पर उसके पास आजीविका के लिए मध्यम में ही खेती-बारी, बाग-बगीचा हो और एक नौकरी अवश्य हो। वर देखने जाने के लिए उनके पास एक हीरो साइकिल ही थी। बहुत दिनों से इच्छा थी कि एक मोटर साइकिल ले लें, तो वर देखने जाना भी आसान हो जाये और स्तर भी दिखेगा कि दहेज देने की कुछ हैसियत भी है। इसलिए कभी-कभी पड़ोसी या रिश्तेदार की मोटर साइकिल माँगकर उसमें पेट्रोल भरवाकर भी जाते थे। पर कई बार साइकिल से ही जाना पड़ता था। संयुक्त परिवार का खर्च चलाने के आगे अपनी ही इच्छा को मार देते थे। बहुत आवश्यकता होते हुए भी मोटर साइकिल नहीं खरीद पा रहे थे, परन्तु उनकी यह इच्छा थी कि बेटियों की शादी में मोटरसाइकिल अवश्य दूँगा। इसके लिए चाहे जो व्यवस्था करनी पड़े।

जब सरकारी नौकरी वाला लड़का हाथ में आता नहीं दिखा, तब उनके मित्रों एवं भाइयों ने सलाह दी कि पढ़े-लिखे लड़के से ही शादी कर दीजिए, देर-सवेर उसकी नौकरी लग ही जायेगी। जब मन इस पर उतर आया तो पढ़े-लिखे लड़कों के विषय में पता करने लगे। कभी किसी लड़के के बारे में पता चलता कि लड़का कानपुर विश्वविद्यालय से एम.एस.सी. की पढ़ाई कर रहा है। कभी पता चलता कि कोई लड़का लखनऊ विश्वविद्यालय से एल.एल.बी. की पढ़ाई कर रहा है। कोई लड़का अवध विश्वविद्यालय से एम.काम. कर रहा है। इसी तरह वर ढूँढ़ते-ढूढ़ते उन्हें पता चला कि एक लड़का एम.एस.सी. मैथ से करके बी.एड. एवं एम.एड. भी किया हुआ है और इलाहाबाद में कोचिंग भी पढ़ाता है। उसकी ठीक-ठाक कमाई भी हो जाती है। घऱ चलाने के लिए उसके पास पर्याप्त आमदनी है। वह पास के ही गाँव ताजपुर का रहने वाला था। दो भाई थे और तीन बहन। तीनों बहनें बड़ी थीं, उनकी शादी हो चुकी थी। प्रेमलता, सुमनलता, और कंचनलता। दोनों भाई छोटे थे, बड़े भाई का नाम था रघुवीर और छोटे भाई का नाम था जयवीर। रघुवीर पढ़ने में शुरू से ही अच्छा था। इसलिए स्थानीय अकबरपुर इंटर कालेज से इंटर करने के बाद बी.एस. सी. एवं एम.एस.सी. करने के लिए इलाहाबाद विश्वविद्यालय आ गया था। पढ़ाई धीरे-धीरे आगे बढ़ती रही। प्रतियोगी परीक्षाओं की तैयारी में भी रघुवीर

लगा रहा, किन्तु सफलता हाथ नहीं लग रही थी। अपना खर्च निकालने के लिए कई कोचिंग संस्थानों में पढ़ाई का काम शुरू कर दिया। अल्लापुर में प्रतिष्ठित उत्कर्ष कोचिंग में वह स्थायी रूप से गणित पढ़ा भी रहा था। इसी लड़के को देखकर आज मिथिलेश के बाबू आ रहे हैं। लड़के के पिता जी राम भुवन से भी इस सिलसिले में बातचीत हो गयी थी। बात सकरात्मक रूप से जा रही थी। वह बेटी मिथिलेश को यह बताना चाह रहे थे लेकिन मुश्किल यह था कि सीधे बेटी से कैसे बात करें? कैसे बतायें कि हम यहाँ पर ऐसा रिश्ता देखकर आये हैं। हो सकता है कि यहाँ  बात बन जाये। पड़ोस में राम सिंगारी देवी रहती थीं। उनको मिथिलेश तथा उनके पिता जी से बड़ा लगाव था। जब कभी उन्हें फुर्सत होती आकर बाप-बेटी का हाल-चाल ले लेती थीं। पिता और पुत्री के बीच में इस तरह की बातें बताने की वही सेतु थीं। मिथिलेश के बाबू से सभी जानकारी प्राप्त करके फिर मिथिलेश को बताया करती थीं। इस तरह से वह मिथिलेश का भी मन लेती रहती थीं कि उसका क्या मन है? जब सरकारी नौकरी वाला लड़का मिलने की आस नहीं रही, तब मिथिलेश ने भी मन बना लिया कि बाबूजी जो भी करेंगे अच्छा ही करेंगे। जब शादी कही नहीं तय हो रही है तब और क्या कर सकते हैं। वर खोजते-खोजते इतना थक चुके थे कि खीझकर बोले–जब मैं अपने लड़कों की शादी करूँगा, तो गोरी चमड़ी की ही लड़की लाऊँगा। जब जरा-सा रंग साँवला होने पर इतने पापड़ बेलने पड़ते हैं, तब अगली पीढ़ी को यह तकलीफ न उठानी पड़े। समाज में लोग बड़े-बड़े आदर्शों की बात करते हैं, पर जब किसी लड़के के दरवाज़े पर जाइये और उससे बातचीत कीजिए तब असलियत खुलकर सामने आती है। इस बार वह चूकना नहीं चाहते थे। लड़के का व्यवहार भी बहुत अच्छा था। सुशील था। जान-बूझकर अपनी तरफ़ से अपनी सामर्थ्य से ज़्यादा दहेज का प्रस्ताव भी दे डाला ताकि लड़के वाले मान जाये। लड़की का साँवला रंग स्वीकार करने वाले रंग में बदल जाये। सबसे पहले लड़के के पिता से यही पूछा कि आप कौन सी मोटरसाइकिल लेना पसन्द करेंगे? हम वही मोटरसाइकिल आपकी रुचि के अनुसार ही खरीदकर तिलक में देंगे। बाकी तीन लाख नकद देंगे तथा साथ में विदाई के समय लड़की की गृहस्थी का सारा सामान देंगे। लड़के को खिचड़ी खाते समय सीकड़ बीस ग्राम की तथा अँगूठी दस ग्राम की देंगे।

बाकी अन्य घरेलू सामान तो रहेगा ही। हमने इतने दिनों से रिश्तेदारों में जो बाँटा है, वह तो मिलेगा ही। हमारे घर में बहुत दिनों के बाद पहली लड़की की शादी पड़ रही है।

सारी बातें सुन करके लड़के के पिता को भी अच्छी लगी। वह अपने लड़के के साथ लड़की को देखने के लिए आने के लिए तैयार हो गये। देखने के लिए आने पर स्वागत के लिए जान लगा दी। हमारे दरवाज़े पर इतनी इज़्ज़त हो कि उन्हें अनुमान लग जाये कि शादी में बहुत इज़्ज़त होगी। बड़े ही धूम-धाम से शादी सम्पन्न होगी।

आख़िर इतने दिनों से की जा रही अथक परिश्रम रंग लाई। लड़की को देखने के बाद पिता-पुत्र ने कहा–हम जल्द ही आपको बतायेंगे। बस एक-दो दिन का मौक़ा दे दीजिए। आख़िर में उनके पास भी बहुत सी लड़कियों के प्रस्ताव आये हुए थे। विचार-विमर्श करने के बाद इस निष्कर्ष पर पिता पुत्र पहुँचे कि शादी राम निहोर सिंह के यहाँ ही करनी है। किसान परिवार है। सीधा-साधा परिवार है। मिथिलेश की माँ भी बहुत सरल स्वभाव की थीं। कभी भी पारिवारिक मामलों में कोई भी दखल नहीं देती थीं, ताकि परिवार के लोग सुखी रहें। सबसे बड़ी थीं, तो वह अपने बड़प्पन का पूरा दायित्व निभाती थीं। परन्तु उनका असमय कालकवलित होना सभी बच्चों को मार्मिक पीड़ा देता था। जहाँ एक तरफ़ शादी की बात चलती थी, वही दूसरी तरफ़ माँ की याद हमेशा सताती थी। परन्तु शादी तो करना था, तभी बच्चों की ज़िन्दगी आगे बढ़ेगी।

दो दिन की प्रतीक्षा करने के बाद मिठाई एवं फल के साथ राम निहोर सिंह रघुवीर के यहाँ जानने के लिए पहुँचे। अब लेन-देन की बात पक्की होने लगी। बात सन् 2000 की है। उन लोगों की इच्छा थी कि राजदूत मोटरसाइकिल ही ठीक रहेगी। राम निहोर सिंह ने तुरन्त हाँ कर दिया। दहेज देने के लिए जो भी व्यवस्था उनके पास थी, वह कम थी परन्तु रिश्तेदारों से क़र्ज़ लेकर, भाइयों की मदद से और किसान क्रेडिट कार्ड से क़र्ज़ लेकर उन्होंने बड़े ही धूम-धाम से शादी सम्पन्न की।

शादी में नाश्ता से लेकर खान-पान, टेंट की व्यवस्था सब उत्तम कोटि की थी। विविध प्रकार की मिठाईयाँ बनवाईं। जिसमें गाँव में विशेष रूप से

पसन्द किया जाने वाला राजभोग, रसगुल्ला, रसमलाई, रबड़ी, ईमरती, पनीर-चिल्ली, दही-जलेबी, गाजर का हलवा, मूँग की दाल का हलवा आदि पर विशेष रूप से ध्यान दिया। खान-पान में कई सब्जियाँ–पालक पनीर, शाही पनीर, मशरूम मटर, कटहल कोफ्ता, परवल, मिक्स वेज, पनीर शिमला मिर्च, कई तरह के अचार, पापड़, दाल तड़का, पंजाबी दाल, विभिन्न प्रकार की कचौड़ी, नान, तवा रोटी, चावल की कई वैरायटी, रायता, फल आदि की जबरदस्त व्यवस्था की। आम का मीठा अचार, गुरम्मा, बूँदी का रायता, सलाद, दही-बड़ा, पना-बड़ा, सुर्ती, बीड़ी, पान, सिगरेट, लौंग, इलायची आदि की भी व्यवस्था थी।

बारात दरवाज़े पर आई। द्वारचार हुआ। राम निहोर को सब कुछ करने का इतना शौक था कि उन्होंने पत्नी के न होने के बावजूद सभी रस्मे स्वयं निभाईं। यद्यपि जब बेटी का पांव पूजने मड़वे में बैठे कन्यादान के लिए, तब पिता और पुत्री ख़ूब फूट-फूट कर रोये। देखने वाली स्त्रियाँ, घराती तथा बारातियों की आँखें नम हो गयीं। शादी का सभी कार्यक्रम शान्तिपूर्वक सम्पन्न हुआ। राम निहोर सिंह ने बड़ी लड़की की शादी इतने अच्छे ढंग से सम्पन्न की, जिसके कारण छोटी बेटी शिव कुमारी की शादी में उन्हें ज़्यादा परेशान नहीं होना पड़ा। बहुत जल्दी छोटी बेटी शिवकुमारी की भी शादी पास के ही गाँव में फतेहपुर में इंटर कालेज में पढ़ाने वाले लड़के से तय हो गयी। छोटी बेटी की शादी में बड़ी बेटी से बढ़-चढ़कर खर्च किया। राम निहोर जी दोनो बेटियों की शादी में मोटरसाइकिल दे चुके थे, लेकिन अपने लिए मोटरसाइकिल नहीं खरीद पा रहे थे। इतना क़र्ज़ ले लिया था कि इसकी चिन्ता थी कि अब क़र्ज़ भी भरना है।

परन्तु धीरे-धीरे दोनों छोटे बेटे भी अब बड़े हो रहे थे। बड़े बेटे राम करन की शादी जल्दी करना चाहते थे ताकि बहू जल्दी घर में आ जाये तो कोई उनका भी ख़याल रखने वाला हो जाये। इसलिए बेटा राम करन की शादी जल्दी तय कर दी। बेटा अभी पढ़ ही रहा था। वह अभी शादी नहीं करना चाहता था परन्तु पिता राम निहोर की इच्छा के आगे उसे बात माननी पड़ी। पढ़ाई चलती रहेगी। शादी समय पर होना बहुत ज़रूरी है। उनको बेटे राम करन की शादी में उनकी क्षमता के अनुसार ही दान-दहेज मिला।

राम करन की शादी भी पास के ही गाँव में की ताकि बहू को हमेशा लाने-ले जाने में दूरी की दिक़्क़त न आये। राम बरन मास्टर प्राइमरी में अध्यापक थे। बहुत ही सज्जन परिवार था। उनकी बेटी पूजा भी बहुत सुशील थी। पढ़ाई-लिखाई भी अच्छी थी। राम बरन मास्टर ने भी बेटी की शादी में राजदूत मोटरसाइकिल दी थी। राम निहोर सिंह अब उसी मोटरसाइकिल से चलने लगे थे। छोटा बेटा राम पूजन अभी पढ़ रहा था। उसकी शादी अभी थोड़ा रुककर करना चाहते थे। राम पूजन पढ़ने में बहुत अच्छा नहीं था इसलिए राम निहोर जी उसे खेती-बारी का काम सिखाने लगे थे। जैसे ही उसने खेती-बाड़ी का काम सँभाला, उसकी भी शादी उसी के अनुरूप तय कर दी। परन्तु इस बात का हमेशा ध्यान रहा कि बहू का रंग साँवला नहीं होना चाहिए। भले ही उसके नाक-नक्श अच्छे न हो, परन्तु रंग साफ़ अवश्य होना चाहिए ताकि अपनी बेटियों का वर ढूँढ़ने में जो परेशानी उन्हें हुई है, वह उनके बेटों को न झेलनी पड़े। कुछ दिन के बाद छोटे बेटे राम पूजन की भी शादी कर दी। अब वर-वधू  को ढूँढ़ने की चिन्ता से मुक्त होकर चैन की सांस ले रहे थे। बहुएँ भी ससुर राम निहोर का बहुत ध्यान रखती थीं। उन्हें खाने-पीने, सेवा करने में किसी कमी का एहसास नहीं होने देती थीं। समय-समय पर दवा देना कभी नहीं भूलती थीं। कोशिश करती थीं कि सास की कमी कम से कम खले। परिवार के अन्य सदस्यों के साथ भी बहुत अच्छा व्यवहार करती थीं। ननद-भाभी के सम्बन्ध बहुत अच्छे थे। बेटियाँ माँ को हमेशा बहुत याद करती थीं और भाभियों के साथ बहुत अच्छा व्यवहार करती थीं। बेटियाँ बड़ी थीं। हमेशा अपने को माँ की भूमिका में रखकर देखती थीं। इसलिए बड़प्पन और मधुरता के साथ सम्बन्धों का निर्वाह कर रही थीं।

# ढाई आखर का प्रेम

लाला भगवान दीन प्राइमरी स्कूल में मास्टर थे। इलाके में उनकी बहुत प्रतिष्ठा थी। लम्बा कद काठी, साँवला रंग, काली मूँछें, खद्दर का कुर्ता और खद्दर की सफ़ेद इस्त्री की हुई धोती, कन्धे पर खद्दर का सफ़ेद गमछा, पैर में चमड़े का चप्पल, चलने के लिए वाहन हरक्यूलिस साइकिल, हाथ में घड़ी, आँखों पर काले फ्रेम का गोल चश्मा। वे हमेशा निश्चित समय पर स्कूल पहुँचते थे। निश्चित समय पर स्कूल में बच्चों की प्रार्थना होती थी। स्कूल ठीक दस बजे खुलता था और चार बजे शाम को बन्द होता था। उनके स्कूल पहुँचने के समय को एरिया में कोई भी व्यक्ति अपनी घड़ी से मिला सकता था। दस बजे के पहले भले पहुँच जाते थे परन्तु दस बजने के बाद का समय कभी नहीं हो सकता था। कभी किसी प्रकार की छुट्टी भी जल्दी नहीं लेते थे। जब साइकिल चला रहे होते थे स्कूल आने के लिए, रास्ते में राम जोहारी करने के लिए न जाने कितने हाथ उठाते थे। सभी को साइकिल पर बैठे-बैठे चलाते हुए ही राम-राम, जयराम, जय श्रीराम करते हुए चलते थे। आस-पास के क्षेत्र के लोग उनसे बहुत प्रसन्न रहते थे। उस स्कूल में कुल पाँच अध्यापक थे। सभी एक-एक कक्षा देखते थे। लाला भगवानदीन मास्टर साहब कक्षा पाँचवीं को पढ़ाते थे। स्कूल में अमीर-गरीब सभी जाति के विद्यार्थी पढ़ते थे। आस-पास के लगभग पाँच किलोमीटर की परिधि में इस विद्यालय की बहुत प्रतिष्ठा थी। वहाँ से पढ़ने वाले बच्चे न जाने कितने डॉक्टर, इंजीनियर, प्रोफ़ेसर, आई.ए.एस., पी.सी.एस. एवं विभिन्न विभागों में अधिकारी अब तक बन चुके थे। जो भी नौकरी करने वाला गाँव में आता, मास्टर साहब से मिलना न भूलता। दौड़कर सभी मास्टर साहब का पैर छूकर ही आशीर्वाद लेते थे। वह फूलपुर प्राइमरी स्कूल में शिक्षक थे। उनका गाँव भी स्कूल से एक किलोमीटर

की दूरी पर हाशिमपुर में था। यह गाँव अम्बेडकरनगर जिले से लगभग बीस किलोमीटर दूर अन्दर की तरफ़ उत्तर में था। शिक्षा के प्रति उनके सम्मान, समर्पण, निष्ठा, नियमितता, आदर्शों के कारण वे सभी के लिए पूज्य थे। बाकी चार कक्षाओं के मास्टर भी उनका बहुत आदर-सम्मान करते थे। टाण्डा ब्लाक के अन्य स्कूलों के साथ प्रतियोगिता होने पर उनके स्कूल के बच्चों का ही रिजल्ट सबसे अव्वल होता था। उनके निर्देशन में राम खेलावन, दया निधि, कृपा शंकर तथा शिव शंकर मास्टर भी कोई कोर कसर नहीं रखते थे।

लाला भगवान दीन काफ़ी समृद्ध परिवार से थे। उनके पिता जी राम अचल व्यवसाय का कार्य भी करते थे, जिससे उनकी आर्थिक स्थिति ठीक थी। काफ़ी बाग, बगीचे तथा सड़क के किनारे नई ज़मीन भी खरीद ली थी। उनका स्वयं का सपना बहुत बड़ा आदमी बनने का था। वह पढ़ने में शुरू से ही बहुत तेज़ थे लेकिन पिता जी की बीमारी और खेती-बाड़ी के कारण आगे की पढ़ाई नहीं कर सके थे, परन्तु ढंग के काबिल मास्टर बने थे। अब उनका ध्यान अगली पीढ़ी पर था। उनके दो बेटे तथा एक बेटी थी। बेटी सबसे बड़ी थी। बेटी सीमा के जन्म लेने के कुछ दिनों बाद ही उनकी माँ लम्बी बीमारी के कारण चल बसीं। काफ़ी दिनों तक भगवान दीन मास्टर का विचार नहीं बन पा रहा था कि दूसरी बार शादी करें। परन्तु परिवार के दबाव, वंश की वृद्धि के लिए अन्ततः उनको सभी की राय मानकर दूसरी शादी करनी पड़ी। उनसे दो बेटे हुए राजीव और संजीव। बेटे अभी छोटे थे। उन्हें बहुत शौक था कि वे इलाहाबाद विश्वविद्यालय पढ़ने के लिए आयें, परन्तु उनकी यह तमन्ना अपने लिए पूरी न हो सकी थी। गाँव के स्कूल में ही मास्टर बनकर जीवन व्यतीत करना उनकी नियति में था। परन्तु बेटी को बहुत शौक से आगे पढ़ाना चाहते थे। बेटी सीमा भी पढ़ने में बहुत अच्छी थी। उन्होंने बहुत ख़ुशी एवं गर्व के साथ अपनी बेटी को इलाहाबाद विश्वविद्यालय में बी.ए. करने के लिए प्रवेश दिलाया। बेटी गाँव से निकलकर शहर में आयी थी। इलाहाबाद विश्वविद्यालय में आस-पास के गाँव में तथा रिश्तेदारी के लगभग सभी लड़के पढ़ते थे, लेकिन उस समय कोई विरले ही अपनी लड़की इलाहाबाद विश्वविद्यालय में भेजकर पढ़ाने की सोच पाता था। मास्टर साहब जाति के यादव थे लेकिन दूध-पानी के धन्धे से अलग शिक्षा की अलख जगाने के प्रति उनके मन में

जुनून था। बेटी सीमा भी बहुत ख़ुश थी कि उसके पिता जी ने उसे पढ़ने की इतनी अच्छी सुविधा दी है। स्वाभाविक है कि इलाहाबाद विश्वविद्यालय में इलाहाबाद जिले के भी बहुत से लड़के साथ में बी.ए. कर रहे थे। राजेश इलाहाबाद जिले के जंघई के पास प्रीतमपुर गाँव का रहने वाला था। बी.ए. करने के समय से ही सीमा की राजेश से दोस्ती हो गयी। दिनोंदिन यह दोस्ती प्रगाढ़ता में बदलती जा रही थी। सीमा लक्ष्मीबाई महिला छात्रावास में रहती थी। राजेश अपने मित्रों के साथ तेलियरगंज में एक लाज में रहता था। दोनों ने वर्ष 1990 में बी.ए. अच्छे अंकों के साथ उत्तीर्ण किया। इसके बाद एम.ए. में एक ही विषय में दोनों ने एडमिशन लिया। बी.ए. में दोनों के विषय अलग-अलग थे, लेकिन एक विषय हिन्दी दोनों ने ले रखा था। इसलिए दोनों का विचार बना कि एम.ए. में हिन्दी में ही प्रवेश लेना है। इधर दोनों एक-दूसरे में डूबते जा रहे थे। कभी सिविल लाइंस, कभी भारद्वाज पार्क, कभी खुसरोबाग, कभी कटरा, कभी कम्पनी गार्डेन, कभी संगम, कभी सरस्वती घाट पर दोनों घूमने निकल जाते। राजेश भी अच्छे घर-परिवार से था। उसके चार भाई थे। सभी बड़े थे। अच्छी कमाई थी। इसलिए पढ़ने के लिए उसे उस समय मोटरसाइकिल मिली हुई थी। मोटरसाइकिल के कारण दोनों को साथ घूमने में बहुत सुविधा होती थी। घूमने में ज़्यादा समय देने के कारण पढ़ाई में कम समय दे पाते थे। लेकिन दोनों का सपना एक था। पढ़ करके अधिकारी बनना और फिर शादी करना। परन्तु उसके अनुरूप कार्य नहीं कर पा रहे थे। आर्थिक आधार मज़बूत नहीं हो पा रहा था इसलिए शादी करने का निर्णय टलता जा रहा था। इन्तज़ार में समय बीत रहा था, पर दृढ़ निश्चय हो चुका था कि शादी एक-दूसरे के साथ ही करेंगे।

इधर सीमा के पिता जी मास्टर भगवान दीन की चिन्ता बढ़ती जा रही थी। बेटी बी.ए. कर चुकी थी। नम्बर तो अच्छे आये थे परन्तु उतने भी अच्छे नहीं थे, जितनी कि मास्टर साहब उम्मीद लगाये हुए थे। दिनोंदिन सीमा की पढ़ाई में निरन्तर गिरावट ही आती जा रही थी। जो सपना बुनकर उन्होंने बेटी को इलाहाबाद विश्वविद्यालय में पढ़ने के लिए भेजा था, वह पूरा होता नहीं दिखाई दे रहा था। उन्होंने सोचा था कि बेटी सीमा जब अधिकारी बन जायेगी,

तब खूब धूम-धाम के साथ अधिकारी लड़के के साथ शादी करूँगा। भले ही सीमा की माँ नहीं है, परन्तु उसे ज़िन्दगी में कभी कोई कमी नहीं होने दूँगा। जितना पैसा सीमा कहती, उससे कहीं ज़्यादा ख़र्च के लिए मास्टर साहब पैसे हमेशा देते रहते थे।

एक बार एकाएक उनका मन हुआ कि चलो बेटी सीमा से हास्टल में मिलकर आते हैं। एकाएक हमको देखकर बेटी बहुत प्रसन्न होगी। कुछ अन्य काम से भी उन्हें इलाहाबाद आना था। मास्टर साहब अन्य सभी कार्य निपटाकर शाम चार बजे महिला छात्रावास के गेट के सामने पहुँचे। गेट पर देखा सीमा किसी लड़के से बात कर रही है। लड़का साथ में कुछ सामान भी लाया हुआ है, जो कि सीमा को दे रहा है। यह दृश्य देखकर ही उनके मन में खटका कि जरूर कुछ बात है। यह लड़का तो अपरिचित है। जितने भी नात-बात, रिश्तेदार के लड़के यहाँ पढ़ रहे हैं, उनमें से यह नहीं है। थोड़ी देर तक थोड़ी दूर पर खड़े होकर यह दृश्य देखते रहे। जब वह लड़का चला गया, तब गेट पर जाकर चौकीदार से सीमा को बुलवाया। सीमा से उस लड़के के मिलने के बारे में उस समय मास्टर साहब ने कोई चर्चा नहीं की। सीमा से मिलकर उस दिन चले गये। घर जाकर पत्नी से तथा बच्चों से किसी से भी उसका जिक्र नहीं किया। उनको मन में जो सन्देह हो गया था, उसको लेकर स्वयं पता करना शुरू किया। रिश्तेदारी के अन्य लड़कों बृजलाल, राजेन्द्र आदि के माध्यम से पता चला कि सीमा का किसी लड़के के साथ कुछ चक्कर है। कोई साफ़-साफ़ नहीं बता रहा था। मास्टर साहब की बहन का लड़का भी इलाहाबाद में ही रहकर इंजीनियरिंग कर रहा था। उसको पता करने की ज़िम्मेदारी दी। वह सीमा को बहुत अच्छी तरह से जानता था कि सीमा कहाँ-कहाँ घूमती है? पढ़ाई में मन लगाती है कि नहीं? क्योंकि सीमा को इलाहाबाद लाने और एडमिशन दिलाने में उसका बड़ा हाथ था। आख़िर मामा भगवान दीन उस पर बहुत भरोसा करते थे। वीरेन्द्र को जानकारी सब थी परन्तु समस्या यह थी कि वह मामा को सारी जानकारी दे या न दे। बहुत दुविधा में पड़ने पर मामा जी का दबाव पड़ने पर उसको सारी बात बतानी पड़ी। मास्टर साहब को जानकर बहुत आघात लगा कि सीमा अपने मन से किसी

लड़के से प्रेम करती है। सीमा के जीवन को लेकर कहाँ-कहाँ, किस-किस तरह के ऊँचे सपने बुन रहे थे। इंजीनियर, डॉक्टर या अधिकारी से नीचे सीमा का विवाह करने का कभी उन्हें ख़याल ही नहीं आता था। चूँकि सीमा का बी.ए. पूरा हो चुका था, इसलिए मास्टर साहब सीमा के लिए लड़का देखना भी शुरू कर दिये थे। दहेज देने की क्षमता उनकी अच्छी थी। सीमा देखने में भी सुन्दर थी। गौर वर्ण, लम्बी कद-काठी, इकहरा बदन, स्मार्ट, सुन्दर और बोलने में बहुत ही वाक्पटु। बस्ती ज़िले में एक लड़का रमेश पी.डब्ल्यू.डी. में इंजीनियर था, उसके घर भी हो आये थे। अब सीमा से सबकुछ समझना चाहते थे। परन्तु यहाँ तो उनको कुछ और ही देखने, सुनने को मिला। जिस पर उन्हें अन्ततः विश्वास करना पड़ा। अब उन्होंने सोचा, सीमा अभी बच्ची है, उसे जीवन के ऊँच-नीच का पता नहीं है। उसे नहीं मालूम कि ज़िन्दगी कितनी ऊँबड़-खाबड़ है। मैं इसको सँभाल लूँगा। सारी जानकारी होने के बाद इलाहाबाद आये और हास्टल से घर लिवा ले गये सीमा को बिना कुछ बताये कहा कि अब इलाहाबाद तुमको नहीं जाना है। अब तुम्हें अवध विश्वविद्यालय से पढ़ाई करनी हो तो पढ़ो नहीं तो चाहे मत पढ़ो। हम तुम्हारी जल्द ही शादी कर देंगे। तुम्हारा जीवन सुखी हो जायेगा। सीमा की माँ सौतेली थीं, इसलिए मास्टर साहब उसको सीमा के विषय में कुछ बताना नहीं चाहते थे। सोच रहे थे कि वह मामले को सुलझा लेंगे। सम्पर्क टूट जायेगा तो सम्बन्ध खत्म हो जायेगा परन्तु सीमा और राजेश विभिन्न प्रकार से सम्पर्क बनाये रखते थे। यह बात नब्बे के दशक की है। तब फ़ोन आदि की सुविधा प्रत्येक आदमी के पास आसानी से उपलब्ध नहीं होती थी। सीमा अपनी सहेलियों के माध्यम से तथा राजेश अपने दोस्तों के माध्यम से पत्र द्वारा सम्पर्क बनाये रखता था। अन्ततः जब मास्टर साहब को पता लगा कि सीमा नहीं मानेगी और उसी लड़के से शादी करेगी तब उनको और आघात लगा। अपने जीवनभर की प्रतिष्ठा पर आँच आते देख उन्हें बर्दाश्त नहीं हुआ। लड़का भी दूसरी बिरादरी का था, वह भी कुर्मी। लड़के के पिता सरकारी नौकरी करते थे। पढ़ा-लिखा परिवार था, परन्तु समान जाति की यादव बिरादरी नहीं थी। अगर अपनी ही बिरादरी का मामला होता तो कुछ बात बनाकर दरवाज़े पर बारात बुलाकर शादी कर

देते। अब उन्हें लगने लगा कि इससे तो समाज में मेरी नाक कट जायेगी। लोग बेटियों पर विश्वास नहीं करेंगे। इसलिए लोग बेटियों को दूर भेजकर पढ़ाना-लिखाना पसन्द नहीं करते हैं। आस-पास में डिग्री कालेज से बी.ए. करते ही लड़का खोजकर शादी कर देते हैं। अब उनको अपनी सोच पर पछतावा हो रहा था। मेरी मति ही मारी थी जो बिना माँ की लड़की को इतना, दुलार, प्यार देने की कोशिश की। मेरी सारी आशाओं पर पानी फिर गया। इसी चिन्ता में वे घुलते जा रहे थे लेकिन सीमा से स्पष्ट कह दिया था कि सपने देखना छोड़ दो, मैं अपने जीते जी कभी भी दूसरी बिरादरी के लड़के से तुम्हारी शादी नहीं करूँगा। मन ही मन सीमा भी अपनी जिद पर अड़ी थी कि शादी तो मैं राजेश से ही करूँगी, नहीं तो किसी से नहीं करूँगी। आख़िर राजेश में कमी क्या है? इतना सुन्दर व्यक्तित्व है, मेरा कितना ख़याल रखता है, घर परिवार से भी मज़बूत है। अगर अभी नौकरी नहीं करता है तो क्या हुआ? अच्छा पढ़ा-लिखा है। देर-सबेर नौकरी लग ही जायेगी। प्रतियोगी परीक्षाओं की तैयारी में बराबर लगा हुआ है। इस बीच एम.ए. करने के बाद उसने बी.एड. एवं एम.एड़ भी कर लिया। यू.जी.सी. की नेट परीक्षा भी उत्तीर्ण कर ली थी। बस नौकरी की तलाश थी। नौकरी न होने के कारण शादी करने का दृढ़ निश्चय नहीं कर पा रहा था कि कब करे? समय बीतता जा रहा था। सीमा के अम्बेडकर नगर चले जाने से उससे मिलने में बहुत कठिनाई हो रही थी। दो-तीन महीने में एकाध बार ही सहेलियों के साथ बाजार जाने के बहाने सीमा को बुलवाकर मिल पाता था। सीमा भी अन्दर ही अन्दर घुट रही थी और तड़प रही थी। पिता के दृढ़ निश्चय के आगे उसकी कुछ भी नहीं चल पा रही थी। मास्टर साहब सीमा के जीवन को लेकर बहुत सजग और चिन्तित थे जिसके कारण उनका शरीर कमजोर हो चला था। एक दिन एकाएक दिल का दौरा पड़ा। जल्दी-जल्दी अस्पताल ले जाया गया। अकबरपुर के किसी अस्पताल में उन्हें आराम नहीं मिला। फ़ैजाबाद में हृदय रोग विशेषज्ञ को दिखाया गया परन्तु उनके स्वास्थ्य में कोई सुधार नहीं हो पाया। थोड़े ही दिन की बीमारी में मास्टर साहब का निधन हो गया। पूरा परिवार दुःखी हो गया। मास्टर साहब ही पूरे परिवार के मुखिया थे। सभी का भार उन्हीं के कन्धों पर था। मास्टर

साहब के छोटे भाई थे मातादीन, जो खेती करते थे। अब यह ज़िम्मेदारी उनके ऊपर आ पड़ी कि कैसे क्या किया जाये? इधर सीमा और जिद पर अड़ती चली गयी कि मेरी शादी द्वार पर बारात बुलाकर ही होनी चाहिए। वही सारे सामाजिक उलाहने उन लोगों ने भी दिये। छोटे भाई-बहनों की शादी में भी समस्या आयेगी। ग़ैर बिरादरी में शादी करने से सभी रिश्तेदारी खत्म हो जाती है। शादी केवल लड़का व लड़की की नहीं होती है अपितु दो परिवारों का भी आपस में मिलन होता है। उससे रिश्तेदारी मज़बूत होती जाती है। सुख-दुःख में रिश्तेदार ही काम आते हैं परन्तु बहुत समझाने के बाद भी सीमा की जिद को देखकर सौतेली माँ चम्पावती देवी और चाचा मातादीन ने यही निर्णय लिया कि सीमा की सगी माँ तो हैं नहीं। वह पहले ही स्वर्ग सिधार गयीं। उनके पिता जी भी नहीं रहे। वह रहते तो चाहे जो निर्णय लेते, समाज उनको कहता। ऐसे में अगर सीमा की इच्छानुसार हम शादी नहीं करेंगे तो हर कोई यही कहेगा कि सौतेली माँ है, इसलिए सुखी नहीं देखना चाहती। इसलिए जिस लड़के को सीमा चाहती है उससे शादी नहीं होने दे रही है। इसलिए सौतेली माँ चम्पावती देवी ने यही राय व्यक्त की कि समाज में चाहे कितनी बदनामी क्यों न हो, हम उसको सह लेंगे लेकिन सीमा की शादी सीमा की इच्छानुसार उसी लड़के से करेंगे। अब यह ख़बर पूरे समाज में फैल गयी। सीमा यादव की शादी राजेश सिंह से हो रही है, वह दूसरी जाति का लड़का है। लड़का कुर्मी बिरादरी का है। घरवाले बारात दरवाज़े पर बुलाने को तैयार हो गये हैं। वे दोनों न भागकर शादी करेंगे और न ही कोर्ट मैरेज करेंगे बल्कि सामाजिक रीति-रिवाज से ही शादी करेंगे। लड़के के पिता जी अखण्ड प्रताप सिंह कहते हैं कि हम शान से ब्याहकर बहू को घर लायेंगे चाहे हमको दहेज में कुछ मिले या न मिले। स्वाभाविक था कि दहेज देने की हैसियत अच्छी थी किन्तु परिवार वाले को तो मन के विपरीत जाकर किसी तरह शादी को करना, निभाना ही मुश्किल लग रहा था, इसलिए उन लोगों ने भी सोच लिया कि ठीक है। बारात दरवाज़े पर बुलाकर ठीक-ठाक ढंग से स्वागत करेंगे। लड़की की विदाई में भी जो भी सामान विदाई का देना चाहिए, बेड, अलमारी, कूलर, सिंगारदानी, पंखा, बड़ा बक्सा आदि परन्तु दहेज नकद रूप में कुछ भी नहीं देंगे। नकद तो

केवल दहेज लेने वाले और देने वाले ही जानते है, और कोई तो देख नहीं पाता है केवल सुनाई पड़ता है कि इनकी शादी में दस लाख-पन्द्रह लाख रुपया दहेज मिला।

सीमा के परिवार वालों ने सभी बात मान ली। सीमा की इच्छानुसार दरवाज़े पर बारात बुलाकर मान-सम्मान के साथ शादी की सभी रस्में निभायी गयीं। विदाई में भी कोई कमी नहीं की। पन्द्रह-बीस मन अनाज भी विदाई में ट्रैक्टर पर लदवा दिया। मण्डप में पांव पूजते समय तथा खिचड़ी खाते समय जितना भी छोटा या बड़ा बर्तन लोगों ने दिया था, सभी कुछ देकर विदा किया। सोने की चेन, अंगूठी तथा घड़ी भी दामाद को दी। ढाई आखर के प्रेम को पाने के लिए सीमा और राजेश को अपनी ज़िन्दगी में बहुत संघर्ष करना पड़ा। एक ही धर्म होते हुए भी केवल जाति की दीवार तोड़ने में उन्हें नाकों चने चबाने पड़े। शादी हो जाने से दोनों बहुत ख़ुश थे। परन्तु धीरे-धीरे दोनों परिवार में अलगाव महसूस होने लगा। परिवार के लोगों की उनमें कोई रुचि नहीं रह गयी थी। सीमा के परिवार वाले तो पूर्णतः अपने को मुक्त महसूस करने लगे। हाल-ख़बर लेना भी अब उनकी ज़िम्मेदारी में शामिल नहीं रहा। सीमा और राजेश स्वयं ही हाथ-पाँव मारकर ज़िन्दगी चलाने के लिए विभिन्न तरह से धनार्जन करने में लग गये। कुछ दिनों के संघर्ष के बाद राजेश की राजकीय डिग्री कालेज सोरांव में प्रवक्ता, हिन्दी के पद पर नियुक्ति हो गयी। जिससे अब जीवन चलाने में दोनों को सुविधा होने लगी। कुछ दिनों के बाद सीमा की भी प्राइमरी स्कूल में नियुक्ति हो गयी। अब दोनों का जीवन ख़ुशहाल था। धीरे-धीरे भाई-बहनों के भी विचारों में परिवर्तन आने लगा जिसके कारण परिवार के सभी लोग आपस में जुड़ते चले गये। सीमा की पहली सन्तान बेटा होने पर ख़ुशी मनाने के लिए दोनों ही परिवार के लोग आशीर्वाद देने के लिए पहुँचे। सीमा ने अपने सास-ससुर और ननद का पैर छूकर आशीर्वाद लिया और बच्चा सासु माँ की गोदी में डाल दिया। सासु जी भी पोते को देखकर बहुत भावुक हो गयीं। मेरे राजेश जैसा ही तो मुन्ना है। यह बिल्कुल मेरे राजेश पर पड़ा है।

# अन्तिम विदाई

छोटकी काकी चार देवरानी-जेठानी में सबसे छोटी थीं। छोटा कद, साँवला रंग, दुबला-पतला शरीर। काम-धाम में चुस्त-दुरूस्त। ससुराल में आते ही रसोई का काम पकड़ा दिया गया। सभी काम बड़ी फुर्ती के साथ अकेले ही निपटा लेती थीं। मायके से भी समृद्ध खानदान से थीं। ससुराल में भी खेतीबारी, बाग़-बग़ीचा, जानवरों, बैल-गाय, भैंस आदि की सभी समृद्धि देखकर ही उनकी शादी हुई थी। छोटके काका काफ़ी बड़े किसान थे। सभी भाइयों का परिवार एक में था। चार जोड़ी बैल थे। चार हल चलता था। परिवार में बहू के आते ही कुछ समय के बाद लोग पूछना शुरू कर देते हैं कि बहू के बाल-बच्चे हुए कि नहीं? जाहिर है कि समाज में लोग इसलिए पूछना शुरू कर देते हैं कि बेटा हुआ कि नहीं। उनका वंश कब बढ़ेगा? और अगर बेटी पैदा हो गयी तो बड़ी सामान्य सी बात है कि किसी को कोई ख़ुशी नहीं होती, परन्तु उसे मारा भी नहीं जाता है बल्कि कृपापूर्वक जीवन जीने दिया जाता है। कुछ ऐसा ही छोटकी काकी के साथ भी हुआ। पहली ही सन्तान बेटी पैदा हुई। नाम रखा गया दुर्गावती। उसके बाद दूसरी सन्तान के रूप में लोग बेटे का इन्तज़ार करने लगे। कुछ समय बाद दूसरी भी सन्तान बेटी ही पैदा हुई। उसका भी नामकरण हुआ कलावती। अब तीसरी बार सभी को बेसब्री से प्रतीक्षा थी कि इस बार तो बेटा ही पैदा होगा। क्योंकि अधिकांशत: दो लड़कियों के बाद तीसरी सन्तान बेटा ही पैदा होता है। परिवार के सभी लोग एवं रिश्तेदार अपना-अपना अनुमान लगाने लगे। लेकिन इस बार फिर सभी के अनुमान एवं अरमान पर पानी फेरते हुए तीसरी बार भी बेटी ही पैदा हुई। उसका नाम रखा गया प्रभावती। धीरे-धीरे बच्चियाँ बड़ी होती गयीं और छोटकी काकी के कार्यों में सहायक बनती गयीं। तीन बेटियों के लगातार पैदा हो जाने से घर में

छोटकी काकी की उपेक्षा होने लगी। पर बेटे की उम्मीद पर अभी भी परिवार के सभी लोग कायम थे। कुछ दिनों के बाद चौथी सन्तान पैदा हुई, वह भी बेटी। अब तो हद ही हो गयी। सभी तरफ़ यह बात फैलने लगी कि उनके तो कोई बेटा नहीं है। बेटियाँ चार हैं, यह कहने वाला कोई नहीं था। चौथी बेटी का नाम रखा गया शीलावती। अब पाँचवी सन्तान के रूप में सभी ने उम्मीदें लगा रखी थीं कि अबकी बार तो अवश्य ही बेटा पैदा होगा। परन्तु इस बार भी विधाता की रचना के आगे किसी की न चली और बेटी पैदा हुई, जिसका नाम लीलावती रखा गया। जैसे-जैसे बेटियाँ बड़ी होती जा रही थीं कि घर का काम, जानवरों का काम सब कुछ सँभालने लगीं। किसी को भले ही आराम न मिल रहा हो परन्तु छोटकी काकी को अपनी बेटियों से बहुत सहायता मिलती थी। उनकी बेटियाँ हमेशा अपनी माँ के काम में हाथ बँटाती थीं। बड़ी दो बेटियाँ स्कूल भी जाने लगीं। पढ़ने में भी अच्छी थीं। परन्तु उनके भविष्य की परवाह न करते हुए वंश के बढ़ने की सारी चिन्ता सभी को खाये जा रही थी। इसलिए सन्तान उत्पत्ति का काम निरन्तर जारी था। छोटकी काकी की जान बचे न बचे, परन्तु बेटा तो जरूर पैदा होना चाहिए। छठवीं सन्तान के रूप में ईश्वर ने सभी की प्रार्थना सुन ली और इस बार बेटा पैदा हुआ। नाम रखा गया सूरज देव। बहुत ख़ुशियाँ मनायी गयीं। अब गाँव में, रिश्तेदार में सभी को पता चल गया कि छोटके काका को बेटा पैदा हुआ है। ढूँढ़ी बनवाई गयी। सोंठौरा बनवाया गया। मायके से ख़ूब ढूँढ़ी, सोंठौरा, कपड़ा, बच्चे के लिए खिलौना घुनघुना आया। अब सभी बहुत ख़ुश थे। छोटकी काकी का मायका ससुराल से लगभग तीस किलोमीटर दूर शहजादपुर के पास बदलापुर गाँव में था। वहाँ से उनके पिता जी ने बहँगी पर पैदल यात्रा करते हुए चार कहार कर दिये, जो सभी सामान लेकर छोटकी काकी के ससुराल लखनपुर में पहुँचे। मिठाई, फल, कपड़ा, सोने की छोटी सी चेन नाती के लिए नाना जी ने भेजवाया था। चारों तरफ़ ख़ुशी का माहौल था। सासु ने भी गाँव की औरतों को बुलावा भेजकर तुरन्त देवीगीत तथा सोहर गवाया था। पान मँगाकर सभी को खिलाया गया। मुँह मीठा कराया गया। सातवीं सन्तान के रूप में बलदेव तथा आठवीं सन्तान के रूप में चन्दर देव पैदा हुए। घर में ख़ुशियाँ ही ख़ुशियाँ छा गयीं।

सन्तान की समृद्धि से घर लहलहाने लगा। परिवार ही सबसे बड़ा धन है। यह कहावत चरितार्थ होने लगी। छोटके काका को बेटियों की खास परवाह नहीं थी। उन्हें पता था कि जब तक हमारे घर हैं काम ही करती रहेंगी। उससे धन की वृद्धि होगी, जब शादी करनी होगी, तब शादी कर देंगे। बेटियाँ तो हमेशा से पराया धन होती आयी है। इन्हें अपना समझने की भूल करना भी नहीं है।

छोटके काका बड़े धनाढ्य आदमी थे। जिसको जो आदेश दे देते थे, कोई उनकी बात को काट नहीं सकता था। इसका कारण था कि वह सुतही पर काफ़ी लोगों को पैसा बाँटे रहते थे। जिन गरीबों को जरूरत पड़ती थी, मजबूरी में आकर उनसे ब्याज पर क़र्ज़ लेकर जाते थे। मूल धन भले ही बाद में दें, परन्तु ब्याज तो हर महीने देना होता था। ब्याज पर पैसा देने का यह रिवाज़ सदा से चला आया है। उसी का वह पालन करते थे। यही उनका मूल व्यवसाय बन गया था। खेतीबारी तो ठीक-ठाक होती ही थी। काम करने वाले कई हरवाह भी रखते थे। बड़ी दो बेटियाँ पढ़ने में भी अच्छी थीं, इसलिए उनकी शादी करने में और अधिक सुविधा हुई। परन्तु छोटे काका ने पहले से ही सोच रखा था कि दूहाजू के साथ शादी करने में दहेज बिल्कुल नहीं देना पड़ेगा। ब्याहने के लिए बारात दरवाज़े पर नहीं बुलायेंगे नहीं तो शादी में ख़र्चा ज़्यादा लगेगा। इसलिए सभी लड़कियों की शादी पांव पूजकर की। पांव पूजी शादी में केवल खास-खास चार-पाँच रिश्तेदार अपनी लड़की को लड़के के घर लेकर जाते है और शादी करके लड़की को साथ लिवाकर आ जाते हैं। इसी पद्धति से दो लड़कियों की शादी में खुद भी पाँव पूजने के लिए गये थे परन्तु बाद में रिश्तेदार तथा पड़ोस के लोगों को ही यह ज़िम्मेदारी सौंप दी कि वे लोग ही जाकर पांव पूज आते थे। इस तरह सभी पाँचों बेटियों की शादी बड़ी आसानी से निपटा दी। पाँचवीं बेटी का रंग ज़्यादा साँवला था तो उसकी शादी ज़्यादा उम्र वाले, दूहाजू लड़के के साथ की ताकि भविष्य में कोई समस्या आये ही नहीं।

बेटों की परवरिश बहुत लाड़-प्यार के साथ हुई। उनकी पढ़ाई पर भी बहुत ध्यान दिया गया। शुरू से ही सूरज देव पढ़ने में बहुत अच्छा था। सभी की इच्छा थी कि वह बड़ा होकर पढ़कर अधिकारी बने। सभी कुछ सोच के

मुताबिक होता गया। गाँव के इंटर कालेज से इंटर पास करने के बाद इंजीनियरिंग करने के लिए उसे इलाहाबाद भेजा गया। इलाहाबाद में लाल बहादुर शास्त्री इंजीनियरिंग कालेज से पढ़ाई पूरी की। इंजीनियरिंग की पढ़ाई के दौरान ही उनकी शादी सन् 1975 में कान्ती देवी से कर दी गयी। इलाहाबाद में ही सुभाष चन्द्र बोस गवर्मेंट इंजीनियरिंग कालेज में प्रवक्ता के रूप में नियुक्ति मिल गयी। पठन-पाठन व व्यवहार कुशलता में सूरज देव बहुत ही निपुण थे। अपने साथी शिक्षकों, प्रशासन तथा विद्यार्थियों में उनकी लोकप्रियता दिन दूनी रात चौगुनी गति से बढ़ती रही। बहुत जल्दी ही उन्हें राष्ट्रीय स्तर की ख़्याति प्राप्त हो गयी। दिन-रात मेहनत करके प्रत्येक कार्य को सम्पन्न करते थे। इसी बीच में सूरज देव ने अपनी कड़ी मेहनत के बल पर और साथी शिक्षकों तथा छात्रों के सहयोग से कोचिंग संस्था भी खोल ली। सूरज देव ग्रामीण क्षेत्र से आये थे इसलिए उन्हें ग्रामीण भारत के छात्रों की समस्याओं का बहुत गहरा अनुभव था। अपने गाँव लखनपुर के वे पहले छात्र थे जिन्होंने इंजीनियरिंग की शिक्षा पूरी की और इंजीनियरिंग कालेज में शिक्षक बने थे। अल्लापुर में उन्होंने आठ सौ वर्ग गज लीज वाली ज़मीन ख़रीदी। उसमें कक्षा बारहवीं तक इंगलिश मीडियम में स्कूल भी खोला। स्कूल का नाम था लोटस इंटरमीडिएट कालेज, इलाहाबाद। यह इंटरमीडिएट कालेज सी.बी.एस.ई. बोर्ड से मान्यता प्राप्त था। धीरे-धीरे कालेज में छात्रों की संख्या बढ़ती गयी। इस कालेज को पहले कक्षा पाँचवी तक खोला था। जब छात्रों की संख्या बढ़ती गयी तब आठवीं तक के लिए कर दिया गया। इससे विद्यालय की प्रतिष्ठा और बढ़ी और आमदनी भी बढ़ती गयी तब इंटरमीडिएट तक कर दिया। डबल स्टोरी पूरी बिल्डिंग बनवा दी। बीस बड़े कमरे कक्षाओं के लिए, एक बड़ा हाल, सभा एवं मीटिंग के लिए एक प्रिंसिपल ऑफिस, कार्यालय, पुस्तकालय, खेल का मैदान, प्रयोगशाला सभी कुछ बनवा दिया। इसी बिल्डिंग में सुबह के समय विद्यालय चलता था और शाम के समय कोचिंग की कक्षाएँ चलतीं। इससे लोटस कोचिंग, अल्लापुर का भी ख़ूब नाम हो गया था। कोचिंग में भी कई प्रकार की प्रतियोगी परीक्षाओं के लिए कक्षा चलवायी। सबसे पहले इंटर तक इंजीनियरिंग एवं मेडिकल की तैयारी करने वाले छात्रों के लिए

कोचिंग कक्षा चलायी। इसके बाद यू.पी. बोर्ड के भी इंटर तक के छात्रों के लिए भी साइंस एवं मैथ की कक्षा चलवायी। साथ ही साथ पी.सी.एस. की प्रतियोगिता में भी बैठने वाले छात्रों के लिए कई वैकल्पिक विषयों के साथ कक्षा चलवायी। यह सब कुछ सम्भव हो पा रहा था उनके मृदुभाषी मिलनसार व्यवहार तथा उदारता के गुण के कारण। छोटी सी क्षमता में मानों ज्ञान का और कुबेर का खजाना खुल गया हो। कक्षा तथा कोचिंग कक्षा की अपार लोकप्रियता का कारण था कि अभिभावक की क्षमता के अनुसार शिक्षण शुल्क लेना। गरीब बच्चों का शुल्क माफ़ कर देना या बिजली, पानी का बिल निकालने के लिए जो जितना दे सकता है, उससे उतना ही लेकर पढ़ने की सुविधा देना। इलाहाबाद एक ऐसा शहर है जो अपने शिक्षण संस्थानों के लिए विश्व में विख़्यात है। इलाहाबाद की गली-गली में विद्यालय और कोचिंग संस्थाएँ हैं। हर मुहल्ले की हर गली में आपको वकील अवश्य मिल जायेंगे। प्रतिष्ठित कालोनियों में इलाहाबाद हाईकोर्ट के मुख्य न्यायधीश एवं अन्य न्यायधीशों का बंगला आपको मिल जायेगा। सुप्रीम कोर्ट के मुख्य न्यायधीश एवं अन्य न्यायधीशों के बंगले भी आपको मिल जायेंगे। गाँव से ऐसी जगह आकर शहर में शिक्षण संस्थान स्थापित करना और उसे इतने आगे तक लेकर जाना बहुत बड़ी बात थी। इससे इलाहाबाद, प्रतापगढ़, सुल्तानपुर, कौशाम्बी, फतेहपुर, बस्ती, आजमगढ़, अम्बेडकरनगर, फ़ैजाबाद आदि ज़िलों में उनकी ख़्याति बहुत फैल गयी। गाँव-देहात से जो भी आता, उनका घर आश्रम था। बहुत उत्कृष्ट-व्यंजनों से भरी थाली पूड़ी, कचौड़ी, पनीर की सब्ज़ी भले ही न खाने को मिले, सादा दाल-चावल, रोटी, सब्ज़ी या खिचड़ी या दाल-बाटी ही आपको खाने को मिल जाये, परन्तु किसी भी व्यक्ति को निराश नहीं करते थे। कोई भी छात्र गाँव से इलाहाबाद शहर में किसी विद्यालय, विश्वविद्यालय में प्रवेश लेने के लिए आता, या कोई भी परीक्षा देने के लिए आता तो रुकने के लिए घर हमेशा खुला रहता था। अपने स्कूल की बिल्डिंग को वे रात में छात्रों को रुकने के लिए हमेशा खुला रखते थे। इलाहाबाद में आकर शिक्षा के क्षेत्र में सूरज देव ने बहुत नाम कमाया। बाद में वे प्रोफ़ेसर बन गये। जितना ही उन्होंने शिक्षा के क्षेत्र में नाम कमाया था, उससे कहीं ज़्यादा समाज सेवा

के क्षेत्र में भी उनका नाम था। प्रोफ़ेसर सूरज देव को गाँव से इलाहाबाद पढ़ने आने वाला हर छात्र जानता था। अगर किसी बच्चे को कभी फीस की कमी पड़ जाती तो, वे अवश्य मदद करते थे। प्रोफ़ेसर सूरज देव हमेशा एक वर्ष में लगभग दस से पन्द्रह बच्चों तक को फीस के लिए मदद करते थे। कुछ छात्र पैसा लेकर बाद में वापस कर देते थे तो उनसे ले लेते थे, ताकि फिर अगले वर्ष दूसरे छात्रों की मदद कर सकें। परन्तु कुछ छात्र अनेक कठिनाईयों के कारण पढ़ाई भी छोड़ देते थे या पैसा नहीं वापस कर पाते थे तो उनसे वे अपेक्षा भी नहीं करते थे कि जो बच्चा नहीं दे सकता है वह न दे। उसको आगे पढ़ने के लिए प्रोत्साहित करते थे। बहुत से छात्रों को तो उनके यहाँ ही विद्यालय में एवं कोचिंग में पढ़ाने का अवसर मिल जाता था। छात्र अपना खर्च खुद निकाल लिया करते थे। पढ़कर जब वे सरकारी नौकरी में निकाल लेते थे तो उनकी जगह दूसरे बच्चे आकर पढ़ाते थे। किसी बच्चे को स्वास्थ्य सम्बन्धी आवश्यकता पड़ जाती तो उसके लिए भी चन्दा इकट्ठा करने निकल पड़ते थे। अपने कई साथी लोगों से कहकर ऐसे बच्चों की मदद किया करते थे। बहुत समृद्ध एवं सम्पन्न लोगों से भी बहुत आत्मीय सम्बन्ध रखते थे ताकि जरूरत पड़ने पर उनसे दान स्वरूप सहयोग मिल सके। इलाहाबाद शहर में रहने वाले विश्वविद्यालय के प्रोफ़ेसरों, मेडिकल कालेज के डॉक्टरों, इंजीनियरिंग कालेज, विभिन्न डिग्री कालेज के शिक्षकों से बहुत प्रगाढ़ सम्बन्ध रखते थे। समाज में सभी लोगों को एक सूत्र में जोड़े रखने का काम करते थे। शिक्षा विभाग के शिक्षा अधिकारियों, विभिन्न कालेजों के मैनेजर, प्रतिष्ठित व्यवसायियों, ग्राम प्रधान, विधायक, सांसद, सभी के साथ उनका उठना-बैठना था। बाबू चिरंजीवी लाल, सेठ राम प्यारे, चौधरी हितेन्द्र नाथ, डॉ. शशिकान्त दुबे, उच्च शिक्षा निदेशक अमरकान्त वर्मा, विधायक जय प्रकाश पटेल, सांसद पुष्पलता वर्मा, नेता महेन्द्र श्रीवास्तव सभी प्रो. सूरज देव का बहुत आदर करते थे। प्रो. सूरज देव का व्यक्तित्व एक मिलन बिन्दु था जहाँ कई धारायें आकर मिलती थीं। बड़े-बुजुर्गों को माघ मेला में नहाने के लिए भी आमन्त्रित करते थे। उनको बड़ी ही श्रद्धापूर्वक संगम में स्नान कराने के लिए स्वयं लेकर जाते थे। कभी-कभी उनके पास समय नहीं होता तो अपने किसी

न किसी शिष्य को भेज देते थे। गाँव से आकर यहाँ पढ़ने वाले छात्र उनके प्रति इतना कृतज्ञ रहते थे कि उनकी बात को आदेश की तरह शिरोधार्य करते थे। जब विद्यार्थियों को सरकारी नौकरी मिल जाती थी तो उनके शादी-ब्याह के लिए भी एक-दूसरे अभिभावक की मदद करते थे। लड़के एवं लड़कियों की शादी कराने में भी बिचवई की भूमिका निभाते थे। इन सभी कारणों से वे बहुत लोकप्रिय थे। समाज में सभी को उनसे बहुत उम्मीदें भी थीं। उनका बड़ा बेटा मेडिकल की पढ़ाई करके डॉक्टर बन गया था, नाम था अनुपम। बहू भी उन्होंने डॉक्टर ही खोजी थी। बहू का नाम था श्वेता। बहुत धूम-धाम से बेटे और बहू की शादी की थी। दहेज बिल्कुल नहीं लिया था। सबसे बड़ा आदर्श यह निभाया था कि बारात लखनऊ लेकर जाना था, तो बाराती बहुत सीमित संख्या में लेकर गये परन्तु जब ऐट होम किया तो जान-पहचान के ज़िन्दगी भर से जुड़े हुए सभी लोगों, रिश्तेदारों, मित्रों, शिक्षकों, अभिभावकों सभी को आमन्त्रित किया। लगभग दस हज़ार लोगों का निमन्त्रण था जिसमें अम्बेडकर नगर ज़िले से लेकर पड़ोस के सभी ज़िलों के मित्रों को परिवार सहित आमन्त्रित किया जिसमें इलाहाबाद एवं अम्बेडकर नगर ज़िले के ज़्यादा लोग थे। बाकी ज़िलों में जिन लोगों से अच्छा सम्पर्क था, उन सभी लोगों को आमन्त्रित किया। अम्बेडकर नगर के जितने भी लोग इलाहाबाद में रह रहे थे, उन सभी को सपरिवार आमन्त्रित किया। अलोपीबाग के पटेल संस्थान में खाने-पीने की व्यवस्था की गयी थी। लोगों का शाम छः बजे से ही आना शुरू हो गया और रात एक बजे तक ताँता लगा रहा क्योंकि जो लोग दूर से आये थे वे लोग रात में ही निकल भी जाना चाहते थे ताकि रात्रि विश्राम अपने घर पर ही हो। स्वागत में मुख्य द्वार पर पति-पत्नी प्रो. सूरज देव एवं श्रीमती कान्ती देवी खड़े थे। एक-एक आमन्त्रित अतिथि पर उनकी नजर थी और सभी से बार-बार हाथ जोड़कर कहते जा रहे थे कि भाई साहब खाना खाकर ही जाइयेगा। बहन जी, जरा सा भी संकोच मत कीजिएगा। आपके अपने बेटे-बहू की शादी है। ख़ूब आनन्द लीजिये। तरह-तरह के व्यंजन बनवाये है। टेस्ट जरूर कीजियेगा। खाना खाये बिना मत जाइयेगा। बड़े बेटे की शादी में अपने खानदान की सभी बेटियों को सपरिवार बुलाया था। बल्कि गाँव की भी कुछ

बेटियाँ जिनके पति बाहर रहकर नौकरी कर रहे थे, और इलाहाबाद आने में समर्थ थे, उन सभी को भी आमन्त्रित किया था। गाँव के जितने भी लड़के दिल्ली, बम्बई, गुजरात, राजस्थान आदि विभिन्न शहरों में रहकर किसी भी विभाग में नौकरी कर रहे थे। उन सभी को भी सपरिवार बुलाया था। सभी लोग अधिकांशतया आये भी थे। सभी मिलकर बहुत प्रसन्नता व्यक्त कर रहे थे। बहुत दिनों के बाद इस शादी में बुलावे के बहाने सभी की आपस में मुलाकात हो रही थी। सभी प्रोफ़ेसर सूरजदेव और कान्ती देवी चाची का बखान करते न थकते थे। यह उनके जीवन का स्वर्णिम क्षण था। जब सबसे अधिक हर्षोल्लासपूर्वक ख़ूब पानी की तरह पैसा बहाया और सभी का स्वागत किया था। केवल एक कमी खटक रही थी। पट्टीदार में से केवल एक परिवार स्वतन्त्र देव को नहीं आमन्त्रित किया गया था। उसका कारण था। उनका घर उनसे सटा हुआ था। खेत भी सभी जगह बगल-बगल में ही थे। उनके घर से कभी खेत की मेड़ को लेकर, कभी नाली का पानी बहने को लेकर, कभी आम के बग़ीचे में आम को लेकर, यदा-कदा साल में दो-तीन बार झगड़ा हो जाया करता था। झगड़ा तो गाँव में रहने वाले बलदेव वर्मा से होता था लेकिन बात तो सबको माननी पड़ती थी। बस इन्हीं कारणों से उनको निमन्त्रित न कर सके थे, परन्तु मन में उनके मलाल था। ऊपर से माताजी तथा पिता जी का भी सपोर्ट नहीं मिला। प्रो. सूरज देव बुलाना तो स्वतन्त्र देव के परिवार को भी चाहते थे लेकिन सभी बहनों, भाइयों एवं माता-पिता की सहमति न मिल पाने के कारण बुलाना उचित नहीं समझे। उधर स्वतन्त्र देव को भी बहुत कष्ट हुआ। दोनों लोग बचपन में साथ-साथ पढ़े थे। लेकिन स्वतन्त्र देव कुछ सनकी और जिद्दी किस्म के व्यक्तित्व के थे। वह किसी भी अधिकारी की परीक्षा पास नहीं कर पाये और कर्मचारी वह बनना नहीं चाहते थे। छात्र जीवन में उन्होंने नेतृत्व भी किया था। उन्हें आज़ाद किसान ही बनना पसन्द था। छोटा सा व्यवसाय भी किया था परन्तु उसमें भी सफलता न मिली। अन्ततः उनकी आर्थिक स्थिति कमजोर होती चली गयी और समाज में उनको सम्मान मिलना कम होता गया। शादी में न बुलाया जाना यह भी एक कारण बना। ऊपर से किसी से हार नहीं मानते थे। किसी की आधीनता स्वीकार नहीं करते थे। प्रो.

सूरज देव के परिवार की प्रतिष्ठा उस समय चरम पर थी। अपने जीवन का भरपूर आनन्द इस विवाह समारोह में लिया। सभी बहन-बेटियों की विदाई भी ख़ूब ढंग से मिठाई, साड़ी, कपड़ा देकर की। इनके छोटे भाई बलदेव वर्मा खेती का काम घर पर देख रहे थे। सबसे छोटा भाई चन्दर देव वर्मा पढ़ने-लिखने में मध्यम या औसत थे। उन्होंने भी प्रो. सूरज देव के संरक्षण में एम. एस. सी. की पढ़ाई पूरी कर ली थी। फ़ैज़ाबाद के श्रीराम बल्लभ इंटरमीडिएट कालेज में प्रबन्धतन्त्र के माध्यम से नौकरी मिल गयी थी। छोटे भाई की शादी भी गोसाईगंज के पास के एक गाँव तेजपुर में जयराम की बेटी चित्रा से हुई थी। नौकरी मिल जाने के कारण उनका भी जीवन सामान्य ढंग से चल रहा था। प्रो. सूरज देव वर्मा का बड़ा बेटा अनुपम तो डॉक्टर था। दूसरा बेटा निरूपम इंजीनियरिंग की पढ़ाई कर रहा था। दो बेटियाँ थीं पर वह अभी छोटी थी। बड़ी बेटी स्निग्धा अभी इंटर में थी और छोटी बेटी सुमेधा हाईस्कूल में पढ़ रही थी। पत्नी कान्ता देवी घर का पूरा काम-काज, स्कूल, कोचिंग सभी जगह सँभालती थीं। वह भी पढ़ी-लिखी थीं। उन्होंने अवध विश्वविद्यालय से बी.ए. किया था। बहुत व्यवहार कुशल थीं। बड़ों का बहुत सम्मान करती थीं। प्रो. सूरज देव के व्यक्तित्व में चार-चाँद लगाने में उनकी तरफ़ से कोई कसर बाकी नहीं थी। तभी तो प्रत्येक वर्ष माघ-मेला नहाने आने वालों की बड़ी भीड़ उनके घर इकट्ठा होती थी। गर्मी की छुट्टियों में प्रो. सूरज देव हमेशा गाँव जाते थे। पूरा परिवार साथ लेकर जाते थे। सभी भाई-बहन बच्चे मिलकर खेती के काम में भी हाथ बँटाते थे। विशेष रूप से गर्मी के दिन में मई-जून की छुट्टियों में गाय-बैल व भैंस के गोबर की खाद खेतों में स्वयं डालने का कार्य करते थे। बैल से चलने वाले डनलप गाड़ी जिसमें पहिये लकड़ी के न होकर टायर के लगे होते थे, उसमें गोबर की खाद लादकर खेतों में गिराते थे। पूरे परिवार में अपार एकजुटता थी। ऐसे समय पर बहनें भी घर आ जाया करती थीं। छोटकी काकी का नाम था शिवराजी देवी तथा छोटके काका का नाम था राम नयन वर्मा। वैसे छोटके काका को आसपास पड़ोस के लोग छोटके नम्बरदार भी कहते थे। जीवन में सब कुछ बहुत अच्छा चल रहा था।

परन्तु एकाएक छोटके काका और काकी पर वज्रपात हुआ। उनके बड़े बेटे प्रो. सूरज देव एक इंटरव्यू लेने कानपुर गये हुए थे। इलाहाबाद पहुँचने वाले थे कि उसके पहले अंदावा से आगे ओवरब्रिज पर ड्राइवर को झपकी आ गयी। कार सीधे खाई में जा गिरी। घटनास्थल पर ही प्रो. सूरज देव कालकवलित हो गये। ड्राइवर की भी जान नहीं बची। सुबह पाँच बजे का समय था। चारों तरफ़ कोहराम मच गया। यह दु:खद घटना आग की तरह चारों तरफ़ फैल गयी। प्रो. सूरज देव का पार्थिव शरीर उनके आवास पर लाया गया। उनके अन्तिम दर्शन के लिए, जिसने जहाँ भी सुना, वह वहीं से चल दिया। परिवार पर तो पहाड़ टूट पड़ा। सभी स्तब्ध रह गये। जैसे किसी को अपने कानों पर यकीन ही न हो रहा हो। उनको लगता था कि जो ख़बर हम सुन रहे हैं, काश यह ख़बर गलत निकलती। पत्नी कान्ती देवी सुनते ही बेहोश हो गयीं। दोनों बेटियों का रो-रोकर बुरा हाल था। बड़ा बेटा लखनऊ में रह रहा था। वह भी यथाशीघ्र ही घर आ गया। छोटा बेटा उस समय घर पर ही था और स्तब्ध था। उसे समझ में ही नहीं आ रहा था कि वह क्या करे? धीरे-धीरे परिवार के सभी बड़े लोग तथा आसपास मुहल्ले के सभी बड़े लोग अल्लापुर आवास पर पहुँचने लगे। कुछ समय बाद यह निश्चित हो पाया कि अन्तिम संस्कार कहाँ पर किया जायेगा। कुछ लोगों का मत था कि इलाहाबाद में इतने दिनों से रह रहे थे और कर्मक्षेत्र भी इलाहाबाद ही रहा इसलिए इलाहाबाद के रसूलाबाद घाट पर ही अंतिम संस्कार किया जाये। अन्तिम संस्कार यहाँ से करने पर मोक्ष की प्राप्ति होगी, परन्तु उनके पिता तथा परिवार वालों की इच्छा थी कि नहीं, हमारी जन्मभूमि ही हमारे लिए सर्वोपरि है। इसलिए अन्तिम संस्कार सरयू नदी के तट पर ही होगा। पार्थिव शरीर गाँव ले जाया जायेगा। गाँव के दरवाज़े पर से ही पार्थिव शरीर की अन्तिम विदाई होगी। माता-पिता एवं परिवार की इच्छानुसार ही उनके पार्थिव शरीर को गाँव ले जाया गया। जब अल्लापुर आवास से गाड़ियों की व्यवस्था करके पार्थिव शरीर को गाँव के लिए ले जाया जाने लगा तो उस समय मानों पूरा शहर विदाई दे रहा था। जितने लोग बेटे की शादी में आये थे, उससे कहीं ज़्यादा लोग उनके अन्तिम दर्शन के लिए उनके दरवाज़े पर इकट्ठे हो रहे थे। दरवाज़े पर तिल भर कहीं

जगह नहीं थी। एक-दूसरे को देखकर सरक-सरक कर लोग अन्तिम दर्शन के लिए देखने वालों के लिए स्वत: जगह बनाते जा रहे थे। सारी व्यवस्था स्वचालित एवं स्वनियन्त्रित थी। ख़बर पाकर कि अन्तिम संस्कार अम्बेडकर नगर गाँव से होगा, जिसके पास जो साधन था, उसी साधन से तत्काल जाने की तैयारी में लग गया। लोग एक-दूसरे का साथ ढूँढ़ने लगे। सबसे ज़्यादा संख्या मोटरसाइकिल से जाने वाले लोगों की थी। उसके बाद जिन लोगों के पास चार पहिया वाहन थे, कार या जीप थी वे लोग उस साधन से जाने की व्यवस्था में लग गये। इलाहाबाद से अम्बेडकरनगर में घर की दूरी लगभग दो सौ किलोमीटर है। इतनी दूर तक पहुँचने में अपने साधन से भी कम से कम चार घण्टा अवश्य लग जायेगा।

प्रो. सूरज देव का पार्थिव शरीर जिस गाड़ी पर रखा गया था, उसे फूलों से सजाकर लाद दिया गया था क्योंकि कुछ लोग ऐसे थे जो गाँव तक नहीं जा सकते थे। यहीं पर अपनी अन्तिम श्रद्धांजलि अर्पित करने लगे। उनके विद्यालय में पढ़ाने वाले शिक्षक-शिक्षिकायें, कोचिंग के शिक्षक-विद्यार्थी, अभिभावक सभी श्रद्धा से मीलों तक कतार में लग गये। आसपास के अन्य लोग जो लोग अभी तक नहीं जानते थे, वे भी पूछने लगे कि यह किसकी अन्तिम विदाई है? जितना ज़्यादा लोग उन्हें जीवित रहते हुए नहीं जानते थे उससे ज़्यादा लोगों ने उन्हें उस दिन जाना, जिस दिन उनकी अन्तिम विदाई इलाहाबाद शहर और इस संसार से हो रही थी। दिन था 10 मार्च 2010, जब इलाहाबाद से विदाई का काफिला अम्बेडकर नगर की तरफ़ बढ़ा तो रास्ते में और बढ़ता ही गया। जगह-जगह पर उस अन्तिम यात्रा में शामिल होने वाले लोगों की संख्या में वृद्धि होती गयी। पार्थिव शरीर के साथ जब सभी लोग गाँव पहुँचे तो एकाएक गाँव के लोगों ने इतनी ज़्यादा भीड़ कभी एक साथ नहीं देखी थी। मानों इंसानियत का सैलाब उमड़ा चला आ रहा हो। आने वाले अन्तिम दर्शनार्थियों का ताँता खत्म होने का नाम ही नहीं ले रहा था। आसपास के गाँव, ज़िले के रिश्तेदार, सगे-सम्बन्धी सभी जैसे उड़कर पहुँच आये थे। शाम चार बजे तक सभी वहाँ पर पहुँच चुके थे। फिर वहाँ जन्मभूमि से दरवाज़े पर से उनकी शवयात्रा निकाली गयी। उनके पार्थिव शरीर को

कन्धा लगाने की जैसे होड़ सी मची हो कि कुछ क्षण के लिए हम भी कन्धा लगा दें। लोग काफ़ी-काफ़ी दूर तक कन्धे पर उनके पार्थिव शरीर को ढोते न थकते थे। ज़ोर-ज़ोर से राम नाम सत्य है, का जयकारा भी लगाते जा रहे थे। फूल-मालाओं से लदे हुए उनके पार्थिव शरीर का दृश्य सभी की आँखों में एक छवि बनकर झूल रहा था। उनके व्यक्तित्व को याद करके उनकी प्रशंसा करते न थकते थे। प्रो. सूरज देव की सहजता, सरलता, विनम्रता, व्यवहार कुशलता की तारीफ़ चारों ओर गूँज रही थी। सारी दुनिया उनके जनाजे में शामिल हुई लेकिन बेटे की शादी में जिस स्वतन्त्र देव के परिवार को नहीं बुलाया गया था, उनके परिवार का कोई भी सदस्य शामिल नहीं हुआ। प्रो. सूरज देव के देहान्त की जानकारी उन लोगों को भी थी। इसलिए प्रो. सूरज देव का पार्थिव शरीर आने से पहले ही सभी लोग बाहर चले गये कि दरवाज़े के बगल में भीड़ इकट्ठा होगी तो लोग क्या कहेंगे? इसलिए बेहतर है कि कोई सदस्य उस समय दिखाई ही न दे और न ही उनकी विदाई में शामिल हो। प्रो. सूरज देव के घर के सदस्यों के अलावा उस समय किसी को भी ध्यान नहीं था कि पड़ोसी स्वतन्त्र देव के घर का कोई भी व्यक्ति अन्तिम संस्कार के कार्यक्रम में शामिल नहीं हुआ है। कुछ दिनों के बाद धीरे-धीरे गाँव, पट्टीदार के लोगों को सभी जानकारी हुई। कुछ ने कहा अरे, शादी विवाह की बात थोड़े ही थी, इसमें तो बिना बुलाये हर व्यक्ति शामिल होता है। यह तो इंसानियत का तकाजा है। गाँव के कुछ लोगों का विचार था कि नहीं, जब शादी में नहीं बुलाये थे तो कोई जरूरी नहीं था कि अन्तिम संस्कार में शामिल हों।

बहरहाल, सबसे ज़्यादा दुःखी तो उनके माता-पिता थे जिनके इस दुनिया में रहते हुए ही उनका इतना यशस्वी बेटा इस दुनिया से अन्तिम विदाई ले रहा था। सभी अश्रुपूर्ति नयनों से अपनी भावभींनी श्रद्धांजलि अर्पित कर रहे थे। पत्नी कान्ती देवी बिल्कुल पत्थर की मूर्ति बन गयी थीं। उनको लग रहा था कि अभी तीन बच्चों की पढ़ाई-लिखाई, शादी-ब्याह बाकी है, इन सभी ज़िम्मेदारियों के पहाड़ को अकेले कैसे पूरा करूँगी। जब से इस घर में बहू बनकर आयी थीं, तब से अब तक के जीवन में न जाने कितने सुखद-दुःखद पलों के दृश्य आँखों के आगे आँख-मिचौनी खेल रहे थे। लग ही नहीं रहा था

कि यह सब सच है। परन्तु समय सभी को विश्वास दिला देता है और कुछ दिनों के बाद उन्हें यह एससास होने लगा। सभी बच्चे अपने-अपने ढंग से बहुत दु:खी थे कि हमारे ही पिता को इस दुनिया से इतनी जल्दी जाने की पड़ी थी। ईश्वर भी बड़ा अन्यायी है। हमारे पिता जी सभी के साथ इतनी भलाई करते थे और उन्हीं के साथ इतना बुरा हुआ और हम लोग असमय ही अनाथ हो गये। प्रो. सूरज देव ने जिसके साथ जो भलाई का कार्य किया था, यथाशक्ति जिसकी जो सहायता की थी, अपनी-अपनी तरफ़ से सभी कृतज्ञता व्यक्त कर रहे थे। उनके माता-पिता तथा परिवार को हिम्मत बँधा रहे थे। हम लोग हमेशा आपकी सेवा में हाज़िर रहेंगे। जब भी हमारे लायक कोई भी सेवा हो तो जरूर बताइयेगा। जिस तरह से प्रो. सूरज देव की अन्तिम विदाई हुई, उसमें जिस श्रद्धाभाव से जितनी ज़्यादा संख्या में लोग शामिल हुए, जीवन में किये गये उनके सद्कार्यों का जीवन्त प्रमाण दे रहे थे। गाँव की हरिजन बस्ती, नटबस्ती एवं अन्य जातियों के टोले से सभी लोग शामिल हुए थे। धोबी, कहार, नाई, धुनिया, कुशवाहा कोई भी बाकी न रहा। एक किसान के बेटे की ऐसी अन्तिम विदाई अभी तक किसी ने नहीं देखी थी। अब उसकी स्मृतियाँ सभी की आँखों में तैर रही थीं। इल्तिफातगंज के कटरिया घाट पर नदी के तट पर उनका अन्तिम दाह संस्कार सम्पन्न हुआ। दाह संस्कार सम्पन्न होने के बाद सभी अपने-अपने गन्तव्य की ओर बढ़ने लगे।

# आत्मसम्मान

राम कीरत शेखूपुर गाँव में सेक्रेटरी थे। गाँव की आबादी लगभग दो हज़ार थी। वह गाँव मिली-जुली जातियों का था। कुर्मी, यादव, कुशवाहा, ठाकुर, ब्राह्मण, धोबी, नाई, बढ़ई, मुस्लिम सभी जाति के लोग उस गाँव में रहते थे। गाँव के दक्खिन में हरिजन बस्ती भी थी। राम कीरत को गाँव की राजनीति और समाज की गहरी समझ थी। वह शिक्षा के महत्त्व को भी बख़ूबी समझते थे। यही कारण है कि अपने से छोटे दोनों भाइयों को उन्होंने यथाशक्ति यत्नपूर्वक पढ़ाया। इंटर करते ही उच्च शिक्षा के लिए दिवाकर और प्रभाकर को इलाहाबाद भेज दिया। दोनों ने ख़ूब मन लगाकर पढ़ाई की। बी.ए. और एम.ए. करने के बाद प्रतियोगी परीक्षाओं की तैयारी में जुट गये। कुछ वर्षों की मेहनत के बाद दिवाकर की नौकरी लखनऊ में सचिवालय में लग गयी। प्रभाकर ने एल.एल.बी. भी कर लिया। उसका मन वकील बनने का था। फिर वह इलाहाबाद हाईकोर्ट में वकालत की प्रैक्टिस करने लगा। परिवार में शिक्षा के प्रति चेतना बढ़ने लगी। दिवाकर को नौकरी मिल जाने से घर में और उत्साह आ गया। प्रभाकर का भी सेटलमेंट हो गया। दोनों भाइयों की समय पर ही शादी कर दी गयी। बहुओं के चुनाव में पढ़ी लिखी लड़कियों को प्राथमिकता दी गयी। शादी के बाद दिवाकर परिवार सहित लखनऊ में रहने लगा। प्रभाकर इलाहाबाद में रहने लगा। जल्दी ही दिवाकर का मकान लखनऊ में और प्रभाकर का मकान इलाहाबाद में बन गया। जलालपुर तहसील में शेखूपुर अब एक ऐसा गाँव था, जिसके घर का मकान अब उत्तर प्रदेश के दोनों प्रमुख शहरों में हो गया था। अगर लखनऊ प्रदेश की राजधानी

थी तो इलाहाबाद भी शिक्षा की राजधानी थी। परिवार के बच्चों को पढ़ने की सुविधा हो गयी। लखनऊ में मकान होने से घर के एवं गाँव के किसी व्यक्ति का इलाज कराना आसान हो गया क्योंकि अब रुकने की, ठहरने की व्यवस्था हो गयी। भाइयों में आपसी प्रेम भाव, भाईचारा ख़ूब था। सभी एक दूसरे का बहुत आदर एवं सम्मान करते थे। होली, दीपावली, तीज-त्योहार पर परिवार सहित सभी भाई गाँव में सभी इकट्ठा होते थे। इससे आपसी सम्बन्धों में और प्रगाढ़ता बढ़ती जा रही थी। बड़े भाई राम कीरत ने खेती करके, छोटा-मोटा व्यवसाय करके दोनों छोटे भाइयों को पढ़ाया था, इसका भरपूर एहसास दोनों भाइयों को था। इसीलिए वह भी अपना फर्ज निभाने में कोई कोर कसर नहीं छोड़ना चाहते थे। राम कीरत के दो बच्चे थे। एक बेटी दिव्या और बेटा शुभम्। बेटी दिव्या बड़ी थी। बचपन से ही पढ़ने में बहुत मन लगाती थी। पढ़ने में बहुत तेज़ भी थी। उसकी कुशाग्र बुद्धि को देखते हुए घर में सभी दिव्या को बहुत सपोर्ट करते थे कि दिव्या ठीक से पढाई पूरी कर ले। दिव्या की सारी शिक्षा गाँव से ही सम्पन्न हुई थी। पास के राम रती डिग्री कालेज से बी.ए. एवं एम.ए. भी कर लिया। सभी कक्षा में हमेशा टापर रही। इसलिए उसके दोनों चाचा ने प्रतियोगी परीक्षा की तैयारी के लिए कहा। लखनऊ वाले दिवाकर चाचा चाहते थे कि दिव्या हमारे पास चले परन्तु दिव्या का मन प्रभाकर चाचा के पास इलाहाबाद आने का था। इसलिए दिव्या इलाहाबाद प्रभाकर चाचा के साथ तैयारी के लिए आ गयी।

दिव्या जितना पढ़ने में होशियार थी, उतना ही अपने व्यक्तित्व के प्रति भी सजग थी। उसे शुरू से ही अन्याय नहीं पसन्द था। इसलिए जहाँ कहीं उसे अनुचित लगता, वह अपना प्रतिरोध भी जाहिर करती थी। उसके प्रभाकर चाचा उसकी इन बातों का बुरा भी नहीं मानते थे। हमेशा प्रोत्साहित करते थे कि जो बात जब भी गलत लगे, अवश्य विरोध दर्ज कराना चाहिए। इससे उस व्यक्ति के साथ अन्याय कम होता है। यद्यपि लोगों को यह बात पसन्द नहीं आती है। उल्टा विरोध करने वाली यदि लड़की है तो उसकी आलोचना शुरू हो जाती है। परन्तु तर्क करना दिव्या के स्वभाव में शामिल हो चुका था। तैयारी करने के लिए अवसर मिलने से उसका मन बहुत प्रसन्न था।

उसका आत्मबल धीरे धीरे और मज़बूत हो रहा था। लेकिन प्रतियोगी परीक्षा निकालना इतना आसान भी नहीं था। सभी घाट घाट का पानी पी चुके थे। बिना कोचिंग किये तैयारी की राह आसान नहीं थी। उस समय इलाहाबाद में निष्ठा कोचिंग संस्थान से छात्रों का चयन बड़ी संख्या में हो रहा था। इसलिए निर्णय लिया गया कि दिव्या भी निष्ठा कोचिंग से ही कोचिंग करेगी। निष्ठा कोचिंग, अल्लापुर में चलती थी। उसके चाचा का मकान भी अल्लापुर में ही था। दिव्या के लिए कोचिंग आना जाना भी आसान हो गया। दिव्या ने पी.सी. एस. की तैयारी के लिए निष्ठा कोचिंग में एडमीशन ले लिया।

कोचिंग में और भी बहुत से छात्र तैयारी कर रहे थे। उन्हीं में एक था अभिनव। अभिनव भी अम्बेडकर नगर से ही तैयारी करने के लिए यहाँ आया हुआ था। उसके पिता जी साधारण किसान थे। माँ सामान्य घरेलू महिला थीं।घर में आजीविका का आधार खेती और पशुपालन ही था। पिता जी शशिभूषण अभिनव को अधिकारी बनाना चाहते थे। इसी तमन्ना से उसे इलाहाबाद पढ़ने एवं तैयारी करने के लिए भेज दिया था। अभिनव ने इलाहाबाद में ही रहकर बी.ए. एवं एम.ए. की शिक्षा पूरी की थी। अपनी आवश्यकता को देखते हुए उसने बी.एड. भी कर लिया था। उसे डर था कि अगर प्रतियोगी परीक्षाओं में सफलता न भी मिली तो कम से कम जीने खाने लायक कोई भी नौकरी मिल सके। उसका एक छोटा भाई भी था अमन। वह अभी गाँव में कक्षा पाँचवीं का छात्र था।अभिनव का व्यक्तित्व बहुत आकर्षक था। सुंदर गौरवर्ण, सुडौल बलिष्ठ शारीरिक सौष्ठव, विद्युत सा स्फूर्तिमय, ओज और ऊर्जा से भरपूर, स्वप्न आपूरित नयन, लम्बाई छह फुट दस इंच, टील ब्ल्यू कलर की टाइट पैंट और श्वेत वर्ण की फिटिंग की पूरी आस्तीन की शर्ट, बायें हाथ की कलाई में स्मार्ट वाच, पैर में ब्राउन कलर का लेदर का ब्रांडेड शू, ऊपर से लहराता हुआ बाल बरबस ही लड़कियों का ध्यान आकर्षित करता था। दिव्या भी उसके आकर्षण के मोह-पाश से अपने को न बचा सकी। वह अपने हृदय की साम्राज्ञी थी। अपने मन से ही वह निर्णय करना चाहती थी। उसने अपना हृदय अभिनव को समर्पित कर दिया। दिव्या की भी ख़ूबसूरती में कोई कमी नहीं थी। विधाता ने उसे फुर्सत में बनाया था। दिव्या को देखने के बाद

देखने वालों को यह नहीं समझ में आता था कि उसमें कमी क्या है? लम्बा छरहरा इकहरा बदन, लम्बाई पाँच फीट पाँच इंच, गौरांगी, विद्युत आभा से अभिषिक्त मुखारविन्द, गुलाबी ओष्ठ, आत्मविश्वास से भरी हुई आंखें, रायल ब्ल्यू कलर का परिधान पहने हुए सभी के मन को भा रही थी। अभिनव भी दिव्या की आभा का मुरीद हो गया। प्रथम मिलन की यह छवि दोनों के मन में एक दूसरे के प्रति अंकित हो गयी। दोनों ख़ूब मन से पढा़ई करने लगे। निष्ठा कोचिंग के प्रत्येक माह में होने वाले टेस्ट में वे दोनों ही प्रथम, द्वितीय स्थान पर रहते। इससे दोनों का अनुराग एक दूसरे के प्रति और प्रगाढ़ होता गया।

यह प्रगाढ़ता इतनी बढ़ गयी कि दोनों के मन में जीवन साथी बनने की भावना हिलोर मारने लगी। लेकिन अभी दोनों में से कोई भी सक्षम नहीं थे। इसलिए अभी शादी करने का निर्णय लेना उचित नहीं समझा। लेकिन दोनों में यह तय हो गया कि हम लोग सफल होने के बाद शादी करेंगे। तब घरवालों को मनाना भी आसान होगा और जीवन जीने में सुविधा भी होगी। दोनों जी जान से जुटकर कड़ी मेहनत करने लगे। उम्मीद कर रहे थे कि दो तीन साल में कहीं न कहीं सफलता मिल जायेगी। कारण यह था कि पी.सी.एस. की परीक्षा में दोनों प्री बराबर क्वालीफाई कर रहे थे। इस स्तर की उनकी तैयारी हो चुकी थी। मेंन्स भी क्लीयर हो जा रहा था। मामला इंटरव्यू में जाकर फंस रहा था। 2010 में दोनों ने इंटरव्यू दिया। इस बार दिव्या का चयन एस. डी. एम. पद के लिए हो गया लेकिन अभिनव का रह गया। पर दोनों में दोस्ती का जो भाव था, उसमें एक दूसरे के प्रति बहुत सम्मान भी था। और उम्मीद भी थी कि अगले चांस तक अभिनव भी निकाल ही लेगा। इसलिए शादी का फ़ैसला दोनों ने कर लिया। इधर दिव्या की सफलता के बाद शादी के बहुत से प्रस्ताव आने लगे। जंग छिड़नी स्वाभाविक थी। अभिनव के घर वाले तो सहर्ष तैयार बैठे थे। समस्या दिव्या के घर में ही होनी थी। परन्तु शिक्षा के प्रभाव से दिव्या के घर में भी पहले की तुलना में अब माहौल काफी बदल चुका था। दिव्या ने अपनी बात अपने चाचा को बतायी। चाचा ने बड़ी सहजता से बात को स्वीकार कर लिया। दिवाकर और प्रभाकर दोनों चाचा तैयार हो गये। घर के अन्य सदस्य भी मान गये। परिवार में एक व्यक्ति सहमत नहीं हो पा रहे

थे। वह थे पिता राम कीरत। पिता को गहरा आघात लगा। वे इस शादी के लिए राजी नहीं हो रहे थे। किन्तु किसी तरह से दोनों छोटे भाइयों ने मिलकर उन्हें मना लिया।

अभिनव पी.सी.एस. भले ही नहीं निकाल पाया था परन्तु उसकी नौकरी इंटर कालेज में प्रवक्ता पद पर हो गयी। शादी में मामला यही फंस रहा था कि अगर अभिनव का भी हो गया होता तो बहुत आसानी से शादी हो जाती। पी.सी.एस. न निकलने से पद बराबरी का नहीं हो पा रहा था। यही मूल समस्या थी। परन्तु दिव्या के दोनों चाचा के प्रयत्न से किसी तरह समस्या सुलझ गयी।

अभिनव के पापा बड़े उत्साह से बारात लेकर पहुंचे। बहुत ही शान्ति से विवाह कार्यक्रम सम्पन्न हो गया। दिव्या के पिता राम कीरत शादी में शामिल नहीं हुए। दोनों चाचा ने ही मिलकर कन्यादान एवं अन्य सभी रस्म निभायी। शान्तिपूर्वक बारात विदा हो गयी। जिसको जो कहना था समाज में, वह अपनी कहता रहा। इस शादी की चर्चा समाज में हर तरफ़ थी। दिव्या और अभिनव ने लव मैरिज किया है। पर दोनों बहुत ख़ुश थे।

अभिनव के पिता जी बीमार रहते थे। लम्बी बीमारी के कारण उनका निधन हो गया। अभिनव पर मां और छोटे भाई की ज़िम्मेदारी आ गयी। दिव्या के घर में आ जाने से सभी में जोश और उत्साह था कि सब कुछ ठीक से सँभल जायेगा। बहुत परेशान होने की आवश्यकता नहीं है। धीरे धीरे घर गृहस्थी पटरी पर आने लगी। इसी बीच दिव्या के पापा का भी एकाएक हार्टअटैक से निधन हो गया। गाँव समाज में यह अफ़वाह फैली कि बेटी दिव्या के लव मैरिज करने के कारण उनका हार्ट अटैक पड़ा। जिससे वे अब दुनिया में नहीं रहे।दिव्या और अभिनव पर समाज की बातों का कोई प्रभाव नहीं था। अन्दर से तो उन्हें भी यह बातें सुनकर अच्छा नहीं लगता था लेकिन वह यही शो करते थे कि उन्हें इन सब बातों की कोई परवाह नहीं है। विशेष रूप से दिव्या अपने निर्णय को हमेशा सही मानती थी। दोनों में परस्पर बहुत आदर एवं सम्मान था। इसलिए उनका जीवन ख़ुशहाल था। कुछ दिनों के बाद आँगन में किलकारी गूँजने लगी। सभी तरफ़ घर में हर्षोल्लास छा गया। पुत्र रत्न की प्राप्ति हुई थी। नाम रखा गया–अथर्व। जब अथर्व एक वर्ष का हुआ,

तब उसका पहला जन्मोत्सव धूम-धाम से बनाने की योजना बनी। दिव्या और अभिनव की शादी में जो कमी रह गयी थी, उसको अब पूरी करना चाहते थे। उन्होंने अबकी बार उन सभी को भी निमंत्रण दिया, जिनको अपनी शादी में किसी कारण से नहीं बुला पाये थे या बुलाना ही भूल गये थे। खान पान, नाच गाना, कथा-उपवास सभी की व्यवस्था की गयी। सुबह कथा सुनने की योजना बनी, उसके बाद हवन-पूजन-प्रसाद का कार्यक्रम बना। शाम को नाच गाना, डिस्को डांस, विभिन्न प्रख्यात म्यूजिक बैंड को भी बुलाया गया ताकि मनोरंजन में कोई कमी न रह जाये। जन्मदिन मनाये जाने की चर्चा क्षेत्र में शुरू हो गयी। क्योंकि इसके पहले उस क्षेत्र में किसी ने इतना भव्य जन्मदिन नहीं मनाया था। न किसी बड़े का और किसी नये बच्चे का। जिन लोगों को जन्मदिन में आने का निमंत्रण मिला था, ख़ुशी से फूले नहीं समा रहे थे। यहाँ तक कि जिनको नहीं बुलाया गया था, वे लोग भी नाच गाना देखने के लिए आये। एक तरफ वेज-नानवेज खान पान की जबरदस्त व्यवस्था और साथ में मदिरा की व्यवस्था। डांस में लड़कियों वाला डांस तथा गाना। गाँव में फ्री में पीने वालों की कमी न थी। नये लड़कों में यह चलन तेज़ी से बढ़ रहा था। उन सभी ने खूब छककर पिया। जन्मदिन पर पानी की तरह पैसा बहाया गया। उनका मकसद था एरिया में दिखाना कि अब हमारे पास पैसे की कमी नहीं है, ताकि सभी लोग हमको अब धनवान समझें। कई महँगी गाड़ियाँ भी निकलवाई। इस समय घर पर तीन गाड़ियाँ थीं। सभी के लाने और भेजने की भी यथासम्भव व्यवस्था की गयी। विदा करते समय सभी को ढंग से मिठाई, कपड़ा, उपहार देकर विदा किया गया। ताकि सभी को यह जन्मदिन मनाया जाना यादगार रहे। इस तरह के आयोजन का उस क्षेत्र में प्रभाव भी पडा़। कुछ ऐसे नये दम्पती ने देखा देखी अपने बच्चों का जन्मदिन मनाया और अपनी औक़ात से ज़्यादा ख़र्च किया। यहाँ तक कि किसी ने क़र्ज़ लेकर जन्मदिन मनाया तो किसी ने खेत तक बेचकर जन्मदिन मनाया। सब कुछ अच्छा चल रहा था। कुछ समय के बाद बेटी पैदा हुई। उसका नाम रखा गया-तृषा।

इधर अभिनव को सफलता न मिलने से हताशा होना प्रारम्भ हो गयी। वह इंटर कॉलेज की नौकरी से अपने को सन्तुष्ट नहीं कर पा रहा था। उसके व्यवहार में बदलाव आने लगा। बात बात में चिड़चिड़ा हो गया। उसके

व्यवहार में रूखापन आने लगा। अब वह दिव्या को कुछ भी भला-बुरा कहने लगा।

दिव्या के पिता के न रहने के कारण दिव्या ने अपनी माँ तथा छोटे भाई को अपने पास बुला लिया था। वे लोग लखनऊ में रह रहे थे। दिव्या ने इस बीच में लखनऊ में अपना मकान भी बनवा लिया था। उसी मकान में माँ और भाई रहते थे। अभिनव अपने गाँव दाउद पुर में काफ़ी खेत ख़रीदा। गेस्ट हाउस बनवाया। किराये के लिए हीरापुर बाजार में दुकानें बनवा दीं। पैसे को लेकर दिव्या और अभिनव के बीच में अब संघर्ष होने लगा। प्रेम का स्थान अब भौतिकता ने ले लिया। बात बात में जोरदार झगड़ा होने लगा। जिस घर में अब तक हँसी-ख़ुशी का माहौल था, वहाँ पर अब आये दिन झगड़ा होने लगा। एक दिन तो आवेश में आकर अभिनव ने दिव्या पर हाथ भी उठा दिया। घर पर दिखावा के लिए लगातार पैसा बहाया जाना दिव्या को रास नहीं आ रहा था। उसने भी विरोध करना शुरू किया। विरोध को अभिनव बर्दाश्त नहीं कर पाया और दिव्या को दो थप्पड़ जोर से जड़ दिया। दिव्या का खून खौल उठा। कल तक दिव्या को जिस अभिनव पर इतना गुमान था, विश्वास भरोसा था, वह आज शीशे की तरह टूटकर चकनाचूर हो गया। उसे समझ नहीं आ रहा था कि अब मैं क्या करूँ? बिलकुल किंकर्तव्यविमूढ़ हो गयी थी। चोट बहुत गहरी लगी थी। गाल पर यह चोट उतनी जोर नहीं लगी थी, जितनी कि हृदय पर। उसके हृदय पर गहरा घाव हो गया था। उसका छोटा भाई भी यह सब देख रहा था। उसे लगा, अब वक़्त आ गया है कि मुझे अपने निर्णय पर विचार करना चाहिए। रोज रोज अपमान के कड़वे घूँट पीना आसान नहीं है। दिव्या ने पहले अभिनव को समझाने की कोशिश की। पर अभिनव किसी भी क़ीमत पर दिव्या की कोई बात समझने को तैयार न था। अभिनव की मनःस्थिति समझने के बाद दिव्या ने भी बहुत बड़ा फ़ैसला ले लिया। दिव्या ने अपने आत्मसम्मान के लिए अभिनव से अलग होने का फ़ैसला कर लिया। जब अभिनव को उसने अपना फ़ैसला सुनाया तो अभिनव के पैरों तले जमीन खिसक गयी। अब अभिनव अनुनय विनय करने लगा। समाज में मेरी प्रतिष्ठा दांव पर लग जायेगी। सारा मान सम्मान धूल में मिल जायेगा। अभिनव की माँ

चमेली देवी को अपने बेटे अभिनव और बहू दिव्या पर बहुत गुमान था। जब से अभिनव की दिव्या से शादी हुई थी, वह गाँव की औरतों से सीधे मुंह बात नहीं करती थीं। उनको हमेशा महसूस होता था कि उनके बेटे बहू के बराबर कोई नहीं है। उनकी हैसियत समाज में बहुत ऊंची हो गयी है। पति के न होने के बावजूद वे हताश निराश नहीं रहती थीं, बल्कि हमेशा काम में लगी रहती थीं। बेटे का दुखद समाचार जानकर अब उन्हें रात रात भर नींद नहीं आती है। जितना गम उन्हें अपने पति को खोने के बाद हुआ था, आज कहीं उससे भी ज़्यादा दु:खी महसूस कर रही थीं। लेकिन विधि के विधान के आगे किसी की नहीं चलती। होनी को जो मंजूर था, आज वही हो रहा है। दस साल का बेटा हो गया और आठ साल की बेटी हो गयी। इन सबके बावजूद दिव्या अपने अलग होने के निर्णय पर अडिग रही। उसे लगा, शिक्षा प्राप्त करने, आर्थिक आत्मनिर्भरता प्राप्त करने के बावजूद अगर अपने सम्मान की रक्षा मैं स्वयं नहीं कर सकती, तो मुझे कोई भी यह सम्मान नहीं दिला सकता है। देश-दुनिया, समाज की नजर में भले ही दिव्या का निर्णय गलत था लेकिन दिव्या की नजर से उसका यह निर्णय सही था। उसनें अभिनव को अपना लखनऊ का घर छोड़ने के लिए कह दिया। वह जमीन दिव्या ने अपने पैसे से अपने नाम खरीदी थी। बच्चों को भी अपने पास ही रखने का निर्णय किया। अभिनव बच्चों को छोड़ने के लिए सहमत नहीं हो रहा था। उसने कोर्ट में याचिका दायर कर दिया। फ़ैसला कोर्ट के अधीन हो गया। दिव्या बच्चों के साथ अपने आत्मसम्मान एवं स्वाभिमान के साथ रहने लगी। उसका विचार था कि औरतें शिक्षा प्राप्त कर, आर्थिक रूप से आत्मनिर्भर होने के बावजूद अपने ऊपर परिवार वालों का शासन होने देती हैं, अपने आत्मसम्मान के लिए संघर्ष नहीं करती हैं, इसलिए अपमान के कड़वे घूंट को पीती रहती हैं। दिव्या अपने साथ ऐसा नहीं होने देगी। आत्मसम्मान की रक्षा के लिए जो भी जोखिम उठाना पड़ेगा, उठायेगी। लोगों के कहने की परवाह नहीं करेगी। जीवन के मध्य काल में वह इसी डगर पर निर्भीक होकर चल पड़ी थी।

❑❑